팔십 페이지 강보라

펄서 페이지 —— 강보라

정현수 단편집

풀잎 페이지 갈무리

아무것도 없었어요. 그래서 아무것도 보이지 않았습니다. 저는 그저 존재한다는 막연한 느낌만 가지고 있는 추상적인 존재였어요. 그것도 네모난 하얀 종이 한 장에 갇힌 상태였어요. 어느 날, 누군가가 마음을 굳게 먹은 덕분에 머리부터 발끝까지 모습이 갖춰졌답니다. 뭐, 섬세하지는 않지만요. 누군가가 저를 만드는 데 쓴 시간은 오분도 채 되지 않았어요. 그 짧은 순간에 저는 무언가가 되어 버린 거예요.

어느 날 눈이 생겨 눈을 떠보니 저는 보라색 교복을 입고 있었습니다. 주머니에는 자그마한

손거울과 휴대폰, 그리고 지갑이 들어 있었어요. 실체를 가지게 되어 조금 얼떨떨했지만, 얼굴은 이정도면 만족스러웠습니다. 거울에 비친 교복의 이름표를 보고 나서야 제 이름이 강보라인 것을 알게 되었어요. 거울에서 눈을 떼고 주변을 둘러보자 하얀 종이 너머로 거대한 남자의 모습이 보였어요. 마치 거인이 내려다보는 듯한 느낌이라 저는 순간적으로 두려움을 느꼈어요. 옅은 미소를 띠고 있던 그는 저보다는 나이가 많아 보였습니다. 그리고 그가 내뱉은 첫 문장은 제가 태어나서 처음으로 들은 타인의 목소리이자 제 삶을 제한시켜버린 잔인한 장치였어요.

"아, 대충 하자. 어차피 팔십 페이지짜리 인물인데, 뭐."

고작 팔십 페이지라니. 태어나자마자 이게 무슨 소리인가 싶었습니다. 아무리 짧고 굵게 사는 삶이 좋다고 하지만 팔십 페이지는 너무 적지 않나요. 물론 팔십 페이지짜리 단역이 있어야 천 페이지짜리 주인공이 주목받는다는 사실은 저도 잘 알고 있어요. 하지만 그 희생양이 왜 하필 저여야 하는지 억울하고 화가 났어요. 저도 오래 살고 싶단 말이에요.

"성격은 음…. 조금 자유분방하지만 괜찮을 것 같고, 서사도 일단은 그대로 두자. 이야기가 산으로 간다 싶으면 그때 가서 고치지 뭐. 일단 머리는 단발머리가 좋겠군."

그의 말 한마디에 제 긴 머리가 목선까지 오는 짧은 머리로 바뀌어버렸어요! 이런, 미친! 어떻게 동의도 없이 제 머리를 잘라버릴 수 있죠? 이거 정말 비윤리적이지 않나요? 여러분이 만약 힘이 있다면 제발 이 거대한 남자를 혼내주셨으면 좋겠어요. 저도 저 나름대로 목이 터져라 한껏 소리를 지르며 항의했지만 제 목소리는 그에게 전혀 닿지 않는 것 같아요. 흑흑.

"아, 더 이상 생각이 안 나네. 오늘 커피를 안 마셔서 그런가."

하품까지 하는 거인은 많이 피곤해 보였어요. 그리고 어쩌나 입을 크게 벌리던지. 그의 오른쪽 아래 어금니에 금박이 씌워진 것까지 봐버렸답니다. 젠장, 내 눈! 눈을 가지게 된 지 얼마 지나지도 않았는데. 이런 광경을 담아야 한다니! 불행한 나. 불행한 강보라.

제가 눈을 비비며 그 끔찍한 광경을 지우려고 노력할 때, 그의 배에서 꼬르륵거리는 독특한 소리가 들렸어요. 그는 작게 무언가 속삭이더니 자리에서 벌떡 일어나 어디론가 가버렸습니다.

아주 혼란스러웠어요. 그의 말대로라면 제 인생은 팔십 페이지밖에 되지 않으니까요. 눈물도 나오지 않았어요. 조금 슬픈 생각이지만 지금 눈물을 쏟으면 제가 갇혀 있는 공간인 이 한 장짜리 종이가 젖어들 것만 같았어요. 그래서 오히려 눈물이 나오지 않는 게 더 낫다는 생각이 들기도 했어요. 태어남과 동시에 시한부 판정을 받은 강보라의 마음은 아무도 모를 거예요. 이름을 얻고 몸을 가지게 되어 기뻤던 마음은 단 몇 초였어요. 고작 몇 초 만에 인생의 길이가 정해져 버린 것.

만약 당신이라면 그 기분이 어떨 것 같으신가요? 일부 사람들은 오히려 끝을 알게 되어서, 언제 끝날지 알게 되어서 좋은 거 아니냐고 이야기할 수 있겠지만 그건 어디까지나 자신의 일이 아니기 때문에 그렇게 쉽게 말할 수 있는 거예요.

게다가 저는 이제 막 고등학생으로 태어났단 말이에요. 운전도 한 번 못 해 보고, 술도 못 마셔 보고, 해외여행도 못 가 본 채로 인생을 끝마쳐야 한다니. 연애조차 못 해 봤는데 말이에요. 한숨이 절로 터져 나왔어요. 저는 그렇게 가만히 앉아 눈을 감고 기다렸습니다. 거인이 다시 돌아와 저의 페이지를 늘려 주기를 바라면서요.

다행히도 그는 돌아왔어요. 그렇지만 저를 수정하지는 않았습니다. 그저 저를 한 귀퉁이에 남겨둔 채로 다른 인물들을 그리거나 지우기를 반복했어요. 수많은 존재가 나타났다가 사라지는 모습을 그저 가만히 지켜볼 수밖에 없었어요. 그러다 문득 이런 생각이 들었습니다. 무엇이라도 해야 하지 않을까. 무언가라도 시작해야 하지 않을까.

어떻게 보면 불안이 원동력으로 작용한 걸지도 모르겠어요. 그렇지만 하얀 종이에 머물며 아무것도 하지 않고 거대한 거인만을 기다리는 것은 시간 낭비가 확실하잖아요? 주어진 페이지는 적지만 그 페이지가 내가 아닌 남에 의해 흘러가게 두는 것은 정말 싫다는 생각도 들었습니다. 그래서 저는 마음을 다잡고 무언가라도 해 봐야겠다는 결심을 했어요. 설령 얼마 뒤 제가 페이지를 다하고 이야기 속에서 사라진다고 해도, 주어진 한 장 한 장을 잘살아 보자고 결심을 한 거죠. 그렇게 종이 밖을 나서려고 했어요. 그리고 이것이 바로 고등학생 강보라의 페이지가 비로소 넘어가기 시작한 순간이었습니다. 사실 이 결론을 내리기까지는 정말 오랜 시간이 걸렸어요. 당신이 상상하는 그 시간보다도 훨씬 더 긴 시간이요.

저는 일단 상황을 냉정하게 파악했어요. 저는 교복을 입은 고등학생이고 그 거인이 등장시킨 인물들 역시 고등학생. 인간이 아닌 종족이나 괴물 같은 것은 보이지 않았고요. 그렇다면 제가 놓인 이 세계는 학교에서 벌어지는 사건들이 중심인 소설이 아닐지 추측했어요. 물론 저에게는 소설이 아니라 다큐멘터리지만요. 주변을 둘러보니 아니나 다를까, 학교가 근처에 있었습니다. 설렘 반 두려움 반이었지만 저는 최대한 자연스럽게 등교하는 학생들 틈으로 섞여 들어갔어요.

학교는 평범했어요. 수업도 그저 그랬고요. 특별히 주목을 받지도 않았습니다. 몇몇 친화력 좋은 아이들이 말을 걸었지만 제가 피했어요. 왠지 부담스럽기도 했고, 누군가와 친해지기에는 제 페이지가 모자랐거든요. 아, 한정판이라는 표현이 더 나으려나. 나, 강보라는 한정판이다! 음, 그리 좋지는 않네요. 좋지 않은 건 또 있었어요. 점심 메뉴로 나온 버섯 탕수육이 정말 정말 별로였거든요. 혹시 당신은 좋아하시나요? 에이, 설마요. 아무튼 제 인생 첫 음식이 저를 잔뜩 우울하게 했답니다. 이 우울한 감정을 떨쳐 내기 위해 잠시 걸었어요. 이 세계의 고등학교는 점심 식사 후에 꽤 긴 쉬는 시간을 주는 것 같았습니다.

도서관과 체육관을 지나 음악실로, 음악실을 지나 운동장까지 걸었어요. 우연히 들려오는 대화 소리와 가끔 불어오는 바람. 마음이 참 울적하더라고요. 그러다 문득 눈에 들어온 것은 텃밭이었습니다. 일반 고등학교에서는 보기 드문 공간. 홀린 듯 다가가보니 여러 가지 꽃과 함께 대파, 방울토마토, 그리고 고구마를 심은 밭이 모습을 드러냈어요. 누가 가꾸었는지는 알 수 없었지만 전문가가 관리한 건 아닌 게 확실했어요. 여기저기 어설픈 부분이 많았거든요.

작물들은 불규칙하게 삐뚤빼뚤 심겨 있었고 방울토마토를 위한 지지대는 고정이 제대로 되지 않아 삐딱하게 기울어져 있었어요. 그중 가장 인상적이었던 것은 팬지 한 송이였어요. 빨간 팬지와 노란 팬지들 사이에 있는 보라색 하나. 주변의 화사함과는 어울리지 않는 시들시들한 하나. 생기 없는 보라색 꽃, 생기 없는 보라.

제 생각을 알아채기라도 한 듯 그 보랏빛 팬지는 갑자기 흔들렸어요. 혹시 꽃이 나에게 화를 내는 걸지도 모른다고 생각했어요. 그렇지만 범인은 어디선가 날아온 무당벌레였습니다. 조그맣고 빨간 무당벌레가 건강하지 않은 팬지 위를 엉금엉금 거닐고 있는 모습을 가만히 바라보고 있는데 다급한 목소리가 갑자기 분위기를 전환시켰어요.

"야! 너 거기서 뭐 해!"

쿵쾅쿵쾅 뛰어오는 누군가 덕분에 깜짝 놀라 주저앉아 버렸어요. 저는 너무 쪽팔려서 재빨리 털고 일어났지만 제 엉덩이가 지나간 자리에는 줄기가 꺾여 버린 보라색 꽃만이 덩그러니 남아 있었어요. 그리고 꺾인 보라를 보는 사람은 저뿐만이 아니었어요. 얼마 떨어지지 않은 텃밭의 입구 쪽에서 남자아이 한 명이 잔뜩 아쉬운 표정을 짓고 있었거든요.

단정하게 자른 머리에 까만색 반팔 티셔츠. 안경을 쓰지 않은 수수한 얼굴. 얼룩이 여기저기 묻은 스니커즈 위로 끝단을 접어 올린 교복 바지까지. 한순간에 알 수 있었습니다. 여기저기 뚜렷하게 보이는 섬세한 설정. '애는 무조건 최소 오백 페이지 이상이다. 그리고 텃밭과 관련이 있겠지.' 동시에 겨우 한 송이 피어 있던 보라색 팬지를 망가뜨린 것에 대한 미안함이 뭉게뭉게 피어올랐어요. 그걸 알아챘는지 남자아이는 멋쩍게 웃으며 말했습니다.

"어……. 놀라게 해서 미안해."
"아, 아니야. 괜찮아."
"나는 남주현이라고 해."

사실 그 누구와도 엮이고 싶지 않았어요. 왜냐
하면 저는 팔십 페이지 인물이니까요. 굳이 인연
을 만들어 아쉬움을 남기고 싶지 않았단 말이에
요. 그런데 이렇게 반강제적으로, 불가피하게 상
대방의 자기소개가 훅하고 들어올 줄은 몰랐죠.

"나, 나는 강보라야."
"여긴 애들이 잘 안 오는 곳인데. 너도 밭에 관
심 있어?"

얼떨결에 반말로 대답해버렸는데 자연스럽게
넘어간 것 같아서 다행이었어요. 그런데 또 질문
이라니. 이 질문에 답하는 순간 최소한 친구 사이
가 되어 버릴 듯한 분위기였어요. 사람 좋은 미소
를 짓고 있는 남주현에게 대체 어떤 말을 해야 할

까요. 무슨 말이 이 상황에 적절했을까요. 말하고 싶은 문장들은 많았는데 도저히 고를 수가 없었어요. 그러던 중 감사하게도 그녀가 등장한 거예요.

"주현아!"

밝고 예쁜 목소리에 제 고개는 자동으로 돌아갔습니다. 목소리만큼이나 예쁜 여학생이 뛰어오고 있더라고요. 아, 애도 오백 페이지 이상이었어요. 긴 생머리에 적당히 줄인 치마, 하얀 얼굴에 여리여리한 청순함이 묻어나는 인물이었으니까요. 맨 위까지 단정하게 채운 교복 상의에는 금색 이름표가 반짝거렸습니다. 긴 생머리가 엄청 부러웠어요. 제 머리는 누가 말 한마디로 싹둑 잘라 버렸거든요.

"뭐야, 여주은. 무슨 일이야?"
"그냥, 길 가다가 보이길래. 안녕? 내 이름은 여주은이야."

이런. 또 예상치도 못한 자기소개가 저를 침범

했어요. 속수무책으로 귀중한 페이지를 내어드려
야만 했답니다.

"나는 강보라야."
"와, 너 이름 예쁘다."
"고, 고마워!"

어색한 제 답변 뒤로 남주현이 끼어들었어요.

"여주은, 너 진짜 왜 왔냐고."
"당근 잘 자라는지 보러왔지."
"네가 심은 것도 아니잖아. 그리고 당근은 없
거든."
"그럼, 뭐 어때."

'그럼, 뭐 어때.' 페이지에 여유 있는 인물들
이나 할 수 있는 말이었어요. 더군다나 퉁명스러
운 남주현과 연신 생글거리는 여주은은 너무나
잘 어울렸고요. 그 찬란한 장면을 보자 묘한 기분
이 들었습니다. 네? 질투요? 질투는 무슨 질투예
요. 백 페이지도 안 되는 제가 질투해 봤자 뭘 할

수 있겠어요. 저는 처음부터 알고 있었다니까요. 연애는 무슨. 아름답게 피어있는 빨간색 꽃이 의미하는 것이 무엇인지, 그 옆에 시들고 꺾여 버린 보라색 꽃이 상징하는 것이 무엇인지 저는 너무나 잘 알고 있었어요.

이 어색한 분위기에서 저를 구해준 것은 5교시를 알리는 종소리였습니다. 저는 대충 얼버무린 후 도망치듯 텃밭을 빠져나왔어요. 마치 있으면 안 되는 장소에 있었다는 기분이었거든요. 감히 낄 수 없는 자리에 눈치 없이 머물러 있었던 것만 같은 우울한 기분이 들었다고요. 결국 저는 나머지 수업을 땡땡이치고 학교를 벗어나버렸어요.

학교를 벗어나 다시 처음의 강보라가 있었던 장소로 왔어요. 강보라가 태어난 장소이기도 한 하얀 공간이요. 백지 상태의 공간. 어떠한 것도 더해지지 않고 온전히 강보라만이 존재하는 휑한 공간에 쪼그려 앉아 생각했어요. 나가지 말 걸 그랬나. 괜히 나가서 페이지 수만 깎인 게 아닐까. 계속되는 생각은 자책을 불렀고 쌓인 자책은 의외의 결론을 물고 왔어요.

먼저 당신에게 물어볼게요. 이 시점에서 제가 할 수 있는 일은 과연 무엇일까요? 음, 굉장히 인상을 쓰고 계시군요. 괜찮아요, 답을 못 하셔도. 당신은 제가 아니니 제 생각을 알 수 없는 게 당연하죠! 페이지 수도 저보다 훨씬 많으실 테고요! 아무튼 정답은 '보라색 팬지 한 송이를 심는 것'입니다. 조금 뜬금없죠? 짧은 인생인데 다른 멋진 일들을 제쳐두고 한다는 일이 고작 꽃 한 송이 심는 거라니!

저는 이렇게 생각해요. 제가 지금 이 소설의 유일한 인물이 아니잖아요? 훈훈한 얼굴의 남주현도 있고 누가 봐도 남주현에게 관심이 있는 여주은도 있어요. 학교에 처음 왔을 때 말을 걸어준 애들도 있고요. 모두 각자의 페이지가 있을 거란 말이죠. 그런데 제가 한 행동으로 인해 모두의 이야기가 바뀌어버리면 어떡해요. 저도 원래 주어진 역할이 있을 텐데 그 역할을 맘대로 벗어나 뭔가를 저질러버린다면 이야기가 바뀔 가능성이 높잖아요. 아무리 제가 팔십 페이지짜리라고 해도 말이죠. 그리고 그 변화가 얼마나 클지는 아무도 몰라요. 어쩌면 엄청 안 좋은 결과를 가져올지도 모르죠.

그러니까 한마디로 저는 제가 깔고 앉아버린 보라색 팬지를 회복시켜야만 해요. 제가 하얀 공간에서 나와 학교로 오기 전의 그 온전하고 평화로운 세계로 되돌려 놓을 거예요. 그리고 나서도 만약 제 페이지가 남는다면 그때는 음…. 그때가 오면 생각할래요. 그리고 어쩌면 원래 제 역할이 보라색 팬지를 하나 심는 역할일지도 모르죠. 만약 그 꽃 한 송이가 이야기 전개의 중요한 열쇠라면 그 역할도 꽤 나쁘지 않을 수 있겠네요. 물론 이게 다 의미 없는 의미 부여일 수도 있지만요.

어쨌든 저는 남은 시간 동안 어떻게든 보라색 팬지를 완연하게 피워 내는 것을 목표로 정했어요! 한 송이 꽃을 피워 내기 위한 유한한 삶이라니, 꽤 낭만적이지 않나요. 그런데 있잖아요. 꽃을 피우려면 무엇이 필요하죠? 혹시 당신은 알고 있나요? 저는 식물을 심어 본 적이 없어서 일단 가장 쉬운 방법을 먼저 시도해 보기로 했어요.

"삑, 학생입니다."

교복 안주머니에서 찾은 교통카드로 버스에

올랐습니다. 학교 근처에는 꽃집이 없다고 경비 아저씨께서 말씀해 주셨거든요. 차창 너머로 수많은 사람들이 보였어요. 지팡이를 짚은 할아버지부터 전단지를 돌리는 아주머니, 휴대폰 게임에 푹 빠져 있는 아이들까지. 저 많은 존재들은 어떤 목적을 위해 살아갈까요. 저 많은 이들에게 오늘 하루의 의미는 무엇일까요. 전깃줄에 앉아 있는 참새 두 마리와 갑자기 하늘로 날아오르는 까마귀 한 마리에게 오늘은 어떤 하루였을까요. 아, 울면 안 되는데.

"이번 정류소는 오양아파트입니다. 다음 정류소는 화목맨션입니다."

풍선에서 바람 빠지는 듯한 소리와 함께 버스에서 내렸어요. 내리자마자 하얀 간판의 작은 꽃집이 눈에 들어왔어요. 역시 경비아저씨께 여쭤보기를 잘한 것 같아요. 사뿐사뿐 다가가 꽃집의 문을 여니 문 위에 달려 있던 작은 종이 청량한 소리를 냈어요.

"안녕하세요. 꽃 사러 왔는데요."

"어머, 안녕하세요! 찾으시는 게 있으실까
요?"

꽃을 포장하고 있던 점원 분이 살갑게 인사해
주셨어요. 커피색 중단발과 하얀색 꽃 포장지,
그 포장지 위로 올라온 노란색들이 참 잘 어울렸
어요. 세상에는 참 예쁜 사람이 많구나, 생각했
습니다.

"여기 꽃씨도 따로 팔아요?"

"요즘 꽃집에서는 잘 안 팔긴 하는데, 저희는
조금 있어요."

점원 분은 사근사근하게 웃으며 매장 한편에
놓여 있는 꽃씨 판매대를 보여주셨어요. 판매대
에 네모난 봉투들이 듬성듬성 꽂혀 있었는데 그
중에서 팬지를 찾아보았어요. 빨간색, 흰색, 파란
색, 노란색. 아, 꼭 찾으려 하면 없단 말이죠. 하
지만 결국 구석진 곳에서 보라색 팬지 씨앗 두 봉
투를 찾았어요!

"저기⋯⋯."

"네! 원하시는 거 찾으셨어요?"

"찾긴 했는데, 혹시 이거 두 개는 어떤 차이가 있어요?"

"아, 보라색 팬지를 찾으셨구나. 하나는 대두 팬지예요."

"대, 대두요?"

"개량종이라 보통 팬지보다 네 배 정도 큰 꽃이 펴요. 그, 왼쪽에 들고 계신 거요."

음. 솔직히 두 종류가 있을 거라고는 생각지도 못했어요. 다행히 저는 제가 뭉개버린 꽃의 크기를 기억하고 있었어요. 둘 다 사도 괜찮기는 했지만, 제 인생을 건 일이라 정확하고 싶었어요. 단하나의 목표니까요. 만 페이지를 넘게 살아갈 당신에게는 사소할 수도 있는 일이지만요.

"일반 팬지로 할게요."

"네, 근데 지금 바로 심으시게요?"

"네, 그럴 생각인데요."

"지금은 늦봄이라, 파종 시기가 조금 지났거

든요."

　전문가의 말에 조금 풀이 죽기는 했지만 저는
제 불행을 믿어보기로 했어요. 태어날 때부터 정
해진 거대한 불행만큼 어쩌면 행운도 따라올지
모른다는 막연한 믿음이 있었거든요. 그럼에도
혹시 몰라서 꽃집 언니의 명함을 하나 받아두었
어요. 그렇게 학교로 돌아가니 늦은 시간인데도
몇몇 교실에는 불이 켜져 있었어요. 야간자율학
습 때문이었겠죠. 그 덕분에 텃밭으로 가는 동안
아무도 마주치지 않았어요.

　텃밭으로 가는 길은 조금 으스스했습니다. 가
로등이 켜진 등굣길이나 운동장에서 멀리 떨어져
있는 데다 주변에 나무가 많아 빛이 잘 들지 않았
기 때문이에요. 하지만 저는 그런 걸 신경 쓸 페
이지는 당연히 없었어요. 텃밭에 도착해 보라색
팬지가 있던 자리를 살펴보았어요. 그 자리는 동
물이 물고 갔는지, 누가 치웠는지 깨끗하게 청소
되어 있었어요. 마치 원래부터 아무것도 없었던
것처럼. 그리고 깨달았어요. 급한 마음에 땅을 팔

모종삽 같은 도구를 챙기지도 않았다는 것을요. 운 좋게도 대파가 심겨 있는 곳에 오래된 분홍색 모종삽 하나가 꽂혀 있는 걸 발견했어요. 조심스럽게 꺼내 살펴보니 가장자리가 녹슬기는 했지만 충분히 쓸 수 있을 것 같았어요.

푹. 파삭. 푹. 파삭. 푹. 파삭. 탁탁.

텃밭의 흙은 생각보다 부드러워서 잘 파였어요. 흙이 파삭거리는 소리도 꽤 좋았고요. 꽃집에서 사 온 씨앗 봉투를 열어 하나씩 거리를 두며 심었어요. 참깨처럼 생긴 씨앗 위로 흙을 덮을 때마다 무언가를 해내고 있다는 생각이 들었어요. 조금 뭉클하기까지 했답니다. 무언가로부터 독립한 기분이랄까요. 한 스무 개쯤 심고 고개를 들어 보니 이마에는 땀이 맺혀 있었어요.

그렇게 몰래 씨앗을 심어버리고는 다시 하얀 공간으로 돌아왔어요. 그리고 기다렸습니다. 학교의 시간이 지나가는 모습을 보면서, 남주현과 여주은의 페이지가 넘어가는 것을 상상하면서 말이에요. 팬지의 싹이 날 때까지 기다렸어요. 이전과는 확연히 다른 기다림이었어요. 참 신기하죠. 공간도 그대로이고 쪼그려 앉아 기다리는 자세도 그대로인데. 꽃이 곧 필 거라는 기대 하나만으로 저를 둘러싸고 있는 종이의 질감이 달라졌어요. 기대할 것이 있고 바랄 것이 있다는 것은 이렇게나 설레는 일이었네요.

거인. 그러니까 제 머리를 단발로 만들어버린 존재는 가끔 저를 들여다보았어요. 쟤를 어디다 쓰지, 어떤 일을 시켜야 하지, 하는 넋두리도 대놓고 뱉고는 했죠. 그렇지만 저는 예전처럼 불안하거나 초조하지 않았어요. 나름 성장한 걸까요? 아무튼 휴대폰으로 검색해보니, 팬지가 싹을 틔우는 데에는 토양 환경에 따라 1~3주가 걸린다고 해요. 그래서 저는 3주가 되는 날 다시, 제 페이지를 넘길 겁니다. 그럼, 그때 다시 만나요. 명색이 학생인데 3주씩이나 학교를 빼먹어도 되냐고요? 조용. 쉿.

세상에, 잠깐 눈 좀 붙인다는 게 그만 3주나

지나버렸어요. 시간을 머금어 부스스해진 머리를 대충 정리하고 텃밭으로 향했어요. 물은 어차피 남주현이 줬을 거예요. 싹이 났다면 그 정체를 궁금해하며 물을 줬겠죠. 고개를 갸웃거리며 물뿌리개를 집어 드는 남주현의 모습을 상상하니 조금 귀엽다는 생각이 들었어요. 그 모습을 상상할 때 아마 저는 세상 바보 같은 웃음을 지었던 것 같아요. 말하고 나니 조금 부끄럽네요.

잠깐, 잡초인 줄 알고 뽑지는 않았겠죠? 텃밭을 가꾸는 사람이니까 잡초인지 꽃인지는 구분할 줄 알 거예요. 아마도요. 아, 그래야만 하는데. 빨리 가야겠다. 어휴. 저는 걱정을 가득 안고 텃밭으로 향했어요.

학교에 도착하니 점심시간이 막 끝난 시점이었어요. 5교시가 시작된 지 얼마 지나지 않아서인지 아무도 마주치지 않고 텃밭 입구에 도착할 수 있었어요. 그러나 텃밭 중심에 가까워질수록 불안함은 커졌고 저는 결국 실패를 마주하고야 말았습니다. 팬지의 싹은 하나도 없었어요. 인생 첫 실패였어요. 정말 단 하나도 없었습니다. 제가 애초에 너무 낙천적으로 생각했던 걸까요? 허무했지만 저는 그 실망감에 잠길 여유조차 없었어요. 절망적인 상황에서 두 글자가 번개처럼 머릿속을 스쳐 지나갔거든요.

이가 없으면 잇몸이라는 말이 있듯이 씨앗이 안 되면 모종이지 않겠어요? 역시 하늘이 무너져도 솟아날 구멍은 있었어요. 주머니 속에서 꽃집 언니의 명함을 꺼냈어요. 미리 받아두기를 정말 잘한 것 같아요.

"여보세요. 거기 꽃집이죠?"

"네! 죄송하지만 오늘 영업은 끝났는데요."

"아, 얼마 전에 꽃씨 사 간 학생인데요. 뭐 좀 물어보려고요. 혹시 모종은 어디서 사는지 아시나요?"

"모종이요? 아, 팬지 모종 찾으시는 거 맞죠? 역시 잘 안되었나 보네요."

"네네, 기억하시네요!"

히히, 예쁜 언니가 저를 기억해 주었어요. 비록 일시적이겠지만 잠시라도 누군가의 기억 속에 머문다는 것은 조금 설레면서도 동시에 조금 울적한 일이기도 한 것 같아요. 당신도 잘 생각해 보세요. 이것이 마냥 유쾌한 일만은 아니라는 것을 언젠가는 깨달으실 거예요. 물론 영원히 모르셨으면 좋겠기는 하지만요.

잠시 고민하던 언니는 난색을 표하셨어요. 팬지의 개화 시기는 4~5월이라 근처 종묘사나 꽃집에서는 구하기 힘들 거라고 하시면서요. 그렇지만 다솜역 꽃시장에는 이르게 핀 팬지가 있을 수도 있다고도 하셨어요! 다솜역 꽃시장은 이 근방에서 가장 크게 열리는 꽃시장인데 새벽 세 시부터 다섯 시까지 두 시간 동안만 열린다고도 하셨어요. 하루 정도는 잠을 줄여도 괜찮잖아요. 그리고 저는 아직 고등학생이라고요! 아주 팔팔하다는 얘기죠. 다시 하얀 공간으로 돌아와서 알람을 맞추고 잤어요. 그리고 달과 별이 반짝이는 새벽 세 시에 은은하게 울리는 재즈 음악을 들으며 일어났답니다. 기분이 왜인지 좋았어요. 대단히 몽롱하기는 했지만.

"아저씨, 다솜역 꽃시장이요."
"네에, 새벽시장으로 가시는 거죠?"

저는 바로 택시를 잡아탔습니다. 새벽인데도
금방 잡히더라고요. 평소와는 달리 도로가 한산
해서 택시는 시원하게 달렸어요.

"좋아하는 사람 드리게요?"

머리가 희끗희끗한 할아버지가 운전석에서 웃
으며 물으셨어요. 저도 반사적으로 웃음이 나왔어
요. 잠시 고민하다가 장난스럽게 대답했습니다.

"이번 생에는 힘들 걸요."

그 뒤로 이런저런 대화들이 오갔던 것 같아요.
차창 밖 풍경을 바라보며 대답했는데 대화 내용
은 딱히 기억나지 않아요. 하지만 풍경만큼은 참
예뻤어요. 불이 꺼진 옷가게, 국밥집, 부동산은

옆에서 환하게 빛나고 있는 편의점처럼 몇 시간 후면 다시 밝게 빛나겠죠. 그 모습이 부럽다는 생각이 들어버린 건 비밀이에요.

"감사합니다. 안녕히 가세요."

택시에서 내리니 새벽의 한기가 느껴졌어요. 꽃시장의 커다란 입구 근처에는 무수한 박스들이 높다랗게 쌓여있었고 상인 분들은 이것저것 하느라 바빠 보였어요. 그러다 우연히 오래되어 보이는 나무 벤치와 자판기를 발견했어요. 자판기는 녹이 슬고 먼지도 쌓여있었지만 작동 중이었어요. 마침 주머니에 천 원짜리 지폐 한 장이 있었어요. 캔 커피 하나를 뽑아 마시면서 벤치에 앉아 주변을 자세히 둘러보았어요. 각양각색의 식물들이 수레에 실려 여기저기로 빠르게 움직이고 있었어요.

빨간 장미, 주황색 거베라, 노란 해바라기, 초록 루스커스, 파란 안개꽃, 남색 붓꽃, 보라색 팬지. 잠깐, 보라색 팬지?

남은 커피를 단숨에 들이켠 다음 빈 캔을 쓰레기통에 던져버렸어요. 그리고는 빠르게 일어나 보라색 팬지를 실은 수레를 쫓아갔어요. 덜컹거리던 수레는 어느 가게 앞에 멈췄어요. 수레를 밀고 온 근육질의 남자는 아저씨와 무어라 이야기를 나누더니 수레에 있던 꽃들을 하나하나 내려주고 떠났어요. 가게 주인으로 보이는 아저씨는 수레를 통해 받은 꽃들을 조심스레 정리하기 시작했어요. 두근거리는 마음과 함께 다가갔어요.

"보라색 팬지 얼마예요?"

"응? 얼마나 사려고?"

"몇 개나 있으신데요?"

"모종 말하는 거지?"

"네."

"잠시만, 네 개밖에 없네. 지금은 나올 때가 아니거든. 몇 개 줄까?"

"하나만 주세요."

저는 네 개를 모두 사려다가 결국 하나만 샀어요. 애초에 텃밭에 피어 있던 꽃은 한 송이였으니까요. 혹시 모르니 두 개를 사는 것도 좋은 방법이기는 했지만 왠지 그러면 꼭 실수를 저지를 것만 같아서 하나만 샀습니다. 꽃집 아저씨는 어디선가 종이 화분 같은 것을 가져오시더니 모종 하나를 예쁘게 담아 비닐봉지로 싸서 건네주셨어요. 밋밋한 하얀 화분 위로 선명한 보라색이 예쁘게 한들거렸어요. 정말 행운이었어요. 이번이 마지막 기회였거든요. 팬지를 심을 마지막 기회.

당신에게 또 하나 물어볼게요. 혹시 팬지의 꽃말을 알고 계신가요? 으음, 모르셔도 괜찮아요. 세상엔 몰라도 되는 것들이 참 많으니까. 이번만큼은 제가 특별히 알려드릴게요. '나를 생각해 주세요.'입니다. 대단히 이기적인 문장이네요. 지금 상황에는 아주 적절할지도 모르겠지만요. 팬지를 들고 시장을 나서니 날이 밝았더라고요. 거리에 오가는 차들도 많아졌고요. 다시 택시를 타고 하얀 공간으로 돌아왔어요. 내가 원래 있어야 할 곳, 거기서 조금만 눈을 붙일 생각이었어요. 딱한 시간을 자고 여섯 시에 일어날 생각이었어요. 진짜 그럴 생각이었는데.

눈을 떠보니 일곱 시였어요. 화를 낼 겨를도 없이 모종이 담긴 봉지를 들고 빠르게 걷기 시작했어요. 모종이 상할 수도 있으니 뛸 수는 없었거든요. 머리는 부스스하고 옷에는 구김이 잔뜩, 세수도 하지 않은 꾀죄죄한 상태로 세상에서 가장 열심히 걸었습니다. 등교 시간은 여덟 시까지니 일곱 시 이십 분쯤에 도착해도 충분할 거예요. 이른 아침에 교실이 아닌 텃밭을 찾는 정신 나간 인물은 이 이야기 속에 그려지지 않았을 테니까, 아마누구도 마주치지 않을 수 있을 거라 생각했어요.

이십오 분 정도에 저는 정문을 통과해 텃밭에 도착했어요. 쉬지 않고 걸었더니 숨이 찼어요. 마치 심장이 살려달라고 외치는 듯했어요. 몇몇 학생들이 저를 보고 수군거리기는 했지만 그건 중요하지 않았어요. 도착한 텃밭 중앙에는 못 보던 물건이 하나 있었어요. 나뭇가지를 대충 엮어 만든 어설픈 허수아비가 고고히 서 있는 거예요. 밀짚모자를 눌러쓴 허수아비는 마침 양손에 목장갑을 끼고 있었어요. 그에게 양해를 구하진 않았지만 잠깐 빌렸습니다.

"너 뭐 하는 거야! 그러다 혼난다고!"

깜짝 놀라 뒤돌아보니 텃밭 입구 쪽에 서 있는 학생 몇 명이 보였어요. 호기심이 많은 친구들이네요. 그러나 걔들에게 대꾸할 페이지는 남아있지 않았어요. 여전히 텃밭에 꽂혀있는 분홍색 모종삽을 들어 땅을 파고 팬지를 옮겨 심을 뿐이었어요. 과거의 보라가 있던 자리에 현재의 보라를, 그리고 미래의 보라를 심었어요. 서늘한 아침이었는데도 이마와 등줄기에는 땀이 느껴졌어요.

제가 아무리 대꾸하지 않아도 학생들은 더 모여들었고 수군거림은 더 커지기 시작했어요. 그러나 웅성거리기만 할 뿐, 누구도 저를 제지하거나 말리려고 다가오진 않았어요. 마침내 제가 팬지를 예쁘게 옮겨 심는 것에 성공하고 주변 흙들을 정리해야겠다고 생각한 바로 그때, 반가운 목소리가 들린 거예요.

"강보라! 너 혼자서 뭐 해!"

아, 진짜. 뒤를 돌아볼 필요도 없이 목소리의

주인이 남주현임을 알아차렸어요.

"무슨 일 있었어? 그날 이후로 학교에도 안 나오고."

알아요, 저도 잘 압니다. 여주은이 남주현 좋아하는 사실도 알고 있고. 제가 아무리 화장을 한다 해도 여주은에게 상대조차 되지 않는다는 사실도요. 그리고 이 소설의 페이지는 당연히 그 두 인물 위주로 펼쳐지겠죠. 그러니까 곧 사라질 팔십 페이지 강보라는 이 평화로운 세계에 오점을 남기면 안 된다는 것, 그것 역시 당연하다는 사실도 잘 알고 있어요. 그래서 제가 남겨 놓은 오점을 치우려고 새벽부터 이 고생을 해서 여기에 있는 거잖아요. 원래 피어 있던 팬지를 돌려놓기 위해서요.

푹. 파삭. 푹. 파삭. 푹. 파삭. 탁탁. 터벅. 터벅. 터벅.

발소리가 점점 가까워지고 있었어요. 그 순간

제가 어떤 기분이었는지, 무슨 심리였는지는 도저히 설명할 수 없어요. 당신의 내일이 만약 당신의 마지막 페이지가 된다면, 아니 5분 후가 당신의 마지막 페이지가 된다면 어떨 것 같으세요? 무엇을 하실 건가요. 와, 당신도 그렇게 심각한 표정을 지을 줄 아셨군요. 그렇지만 너무 찡그리진 마세요. 정해진 답이 없는 질문이니까요. 어쨌거나, 제가 오래 살지는 않았지만 한 가지만 감히 말씀드리자면, 참지 않을 수 있는 때가 있다면 가끔은 참지 않는 것도 필요하다는 거예요. 그때만큼은 이기적이어도 돼요.

눌러지지 않고 차오르는 무수한 감정들 속에서 가장 짙은 것은 미안함이었어요. 그래서 저는 고개를 돌리지도 못했지만 확실하고 또박또박하게 말했습니다. 기꺼이 잊어버려도 괜찮으니까.

"남주현, 나 너 좋아해."

이주
프로젝트

"알파시에서 제406차 이주 프로젝트 당첨자 정보를 공유합니다. 제407차 이주 프로젝트의 신청 기한은 다음과 같습니다."

수현은 스마트폰의 긴급 음성 메시지에도 심드렁했다.

"왜 시에서 보내는 문자는 차단할 수 없는 걸까?"

수현은 바지 주머니에 스마트폰을 쑤셔 넣고

는 다시 쓰레기장을 뒤지기 시작했다. 앳된 얼굴에 그을음과 때가 묻어 엉망이었지만 그에게는 상관없었다. 열정적으로 물건을 찾은 덕분에 그의 가방은 고철과 고장이 난 물품들로 가득 채워졌다. 그득히 채워진 가방의 무게에 어깨가 결리는 것을 확인한 그는 쓰레기장을 나가려 했다. 그때 쓰레기장의 입구에 널브러져 있는 무언가가 그의 눈에 들어온 것이다. 여기저기 흠집이 나 있었고 먼지도 많이 쌓여있었지만 수현은 한눈에 알아보았다. 그것은 분명 가상현실을 이용하는 방식의 게임기였다. '시골'에서는 보기 힘든 '도시'의 물건이었다.

수현은 몹시 기분이 좋았다. 그가 쓰레기장을 뒤지는 이유는 쓸 만한 것들을 고쳐 팔아 돈을 버는 것과 '도시의 물건'을 수집하는 것에 있었는데, 그 두 가지 모두를 만족했기 때문이었다. 게다가 그날따라 돈 되는 고철들을 많이 줍기도 했기에 그의 발걸음은 날듯이 가벼웠다.

세계가 둘로 나뉜 것은 수현이 태어나기 훨씬 이전의 일이었다. 산업 혁명 이후로 끊임없이 발전해 오던 세계에 불안함을 느낀 세력이 등장한 것이 그 시작점이었다. '자연주의'라는 이름의 단체는 문명의 발전이 지구를 병들게 했고 그 정도가 도를 넘어섰다고 주장하며, 빈번해지는 이상기후와 자연재해의 발생을 그 근거로 들었다. '자연주의'의 등장에 대응하듯 '문명주의'라는 단체도 생겨났는데 이상기후와 자연재해는 문명의 발전을 통해 해결할 수 있다는 주장을 폈다.

두 단체의 등장은 엄청난 파장을 몰고 왔다. 처음에는 조그마한 시위에 불과했던 두 단체는 정치적 잇속과 이슈거리라면 놓치지 않는 언론들의 영향으로 미친 듯이 거대한 몸집을 가지게 되었고, 결국 국가별로 어느 한 관점을 선택해야만 하는 비정상적인 상황이 만들어졌다. 두 분파로 나뉘어 버린 국가들 사이에 전쟁이 일어나는 것은 불 보듯 뻔한 일이었고 워낙 여기저기서 전쟁이 발발하자 각국의 대표자들이 모여 결국 지구를 둘로 나누는 결정을 내려버렸다.

그래서 세계는 문명 발전을 멈추고 자연과 함께 살아가는 방식, 그러니까 태양이 꺼지는 순간부터 전기를 거의 사용하지 않고 살아가는 '시골'

과 끊임없는 발전을 통해 빛이 꺼지지 않는 '도시'로 양분되었다.

　무거운 가방을 들쳐 멘 수현이 집에 도착했을 때는 이미 저녁이었다. 문이 열리자 식사를 준비하고 있던 미성이 수현을 향해 고개를 돌렸다. 평소에는 아들보다 아들의 전리품에 더 관심이 많던 그녀가 웬일인지 아들만을 빤히 바라보았다. 눈치 빠른 아들은 엄마의 변화를 알아채고 웃으며 말했다.

　"복권이라도 당첨된 거야?"

　"음? 무슨 소리야?"

　"매번 가방부터 확인하더니 웬일로 내 얼굴을 먼저 봐서 말이지."

　"부모가 자식 얼굴 보고 싶어 하는 건 당연한 거지, 얼른 샤워하고 밥이나 먹어."

　수현이 가방을 방에 던져 놓고 화장실로 들어가 말끔하게 씻고 나오자 미성은 국을 내왔다. 김치가 들어가 빨간색을 띠는 국을 휘적거리던 수현은 무언가 발견하고는 소스라치게 놀라버렸다.

　"뭐야! 진짜 복권이라도 된 거야? 웬 소고기야!"

"복권은 아니고, 비슷한 게 되긴 했지."

싱긋 웃는 미성은 뜸을 들이다 입을 뗐다.

"아들, 우리 이주 프로젝트 당첨됐다."

이주 프로젝트. 현재 자신이 속한 구역에서 다른 구역으로 넘어가는 것. 쉽게 말하자면 시골과 도시의 주민을 교환하는 일이다. 이 프로젝트가 시작된 이유는 시골에 사는 사람들 중 일부는 도시에서의 삶을 염원하게 되었고 반대로 도시에 사는 사람들 중 일부 역시 시골에서의 삶을 동경하게 되었기 때문이었다. 초반에는 각국의 대표자들이 이러한 현상을 자연스럽게 생겨난 갈망으로 여기고 곧 사그라들 것으로 보았기에 별다른 조치를 취하지 않았다. 그러나 금지된 구역에 대한 갈망은 점차 심화되어 결국 우울증, 사회 혐오 등의 심각한 부작용을 양산해 냈고 그제야 대표자들은 이주 프로젝트라는 대안을 마련한 것이다.

이주 프로젝트는 꽤 성공적으로 진행되는 듯했다. 지원자들은 통제를 잘 따라주었고 두 구역의 환경 차이도 크지 않았기 때문이었다. 두 구역의 경계에서 캐리어를 끌고 다른 구역으로 가는 방식이라 부담도 현저히 적었다. 그러나 시간이 지남에 따라 두 구역 사이의 환경 차이는 극심해졌다. 심지어 시골에서 도시로 향하던 까치 떼가 환경 차이를 견디지 못해 떼죽음을 당한 일도 있었다. 그 일 이후로는 하늘에 보이지 않는 선이 그어졌다. 새들을 포함한 어떠한 생명체도 그 선을 넘지 않으려 했다.

하지만 늘 그렇듯 인간들은 답을 찾아냈다. 두 구역을 맨몸으로 오가는 것이 불가능해지자 의식을 추출하는 방법을 떠올린 것이다. 의식을 추출하여 다른 육체에 집어넣는 방식을 통해 오늘날의 이주 프로젝트가 가능해진 것이다. 일각에서는 의식 추출의 윤리적 문제에 대한 거센 비판이 일었지만 이는 전혀 받아들여지지 않았다. 갈수록 이주 프로젝트의 지원자가 기하급수적으로 늘어났기 때문이었다. 현재에 이르러는 추첨을 통해 당첨자를 가려내는 방식으로 대상자를 선정하고 있다. 일 년에 두 번, 대상자를 발표하는 날이면 수많은 사람들이 스마트폰의 문자 한 통을 목이 빠져라 기다리는 이유이다. 그렇지만 수현은 전혀 관심이 없었다. 아까까지는.

미성이 당첨 사실을 밝히자 수현은 숟가락을 떨어트렸다. 숟가락 안에 담겨 있던 소고기와 김치가 식탁에 널브러졌다. 미성이 매번 프로젝트에 지원한 것은 알고 있었지만 이주 프로젝트 당첨은 거의 기적에 가까운 확률이라 마음을 놓고 있었기 때문이다.

"엄마랑 같이 도시로 가자."

미성은 멍한 아들의 눈을 마주보며 또박또박 말했다. 수현은 그녀의 눈을 똑바로 쳐다볼 수 없었다. 그녀가 얼마나 이주를 갈망해 왔는지 잘 알기 때문이었다. 가장 가까이에서 엄마를 지켜봐 온 아들이 할 수 있는 최대한의 반항은 기어들어가는 목소리로 대꾸하는 것뿐이었다.

"엄마, 도시로 이주하면 다시는 여기로 못 돌아올 거야."

"그게 뭐 어때서, 엄마는 오히려 좋은데."

"지금 우리가 가진 몸은 도시의 다른 사람이 쓰게 될 거고. 엄마도 어떤 몸으로 바뀔지 모른다고."

잠깐이었지만 미성의 눈빛이 매섭게 변했다가 돌아왔다. 10초도 되지 않는 짧은 순간이었지만 수현은 그것을 알아차렸다. 미성은 아무 일 없었다는 얼굴을 하고 말했다.

"알고 있었어. 네가 시골을 떠나기 싫어할 거
라는 걸. 그런데 엄마는 꼭 가고 싶어, 도시에."

오랜만에 먹는 고깃국이었지만 아무 맛도 느
껴지지 않았다. 미성에게는 조금 생각할 시간을
달라고 얼버무린 수현은 방으로 들어왔다. 현기
증이 났기 때문이다. 침대로 몸을 던졌다. 십 년
이 넘은 침대는 수현의 무게가 힘겨운지 끼익-하
는 소리를 냈다. 아무리 시골이라도 침대 정도는
구할 수 있었다. 손재주가 좋은 수현이라면 새로
하나 만드는 것도 쉬웠을 것이다. 그런데 수현은
왠지 모르게 새 침대를 맞이하고 싶지 않았다. 자
신의 몸에 맞게 적당히 휘어버린 침대를 그는 꽤
좋아했다.

수현이 미성을 낯설게 느낀 것은 처음이었다.
미성은 감정을 드러내는 편이 아니었고, 오히려
어떠한 사건에도 그저 담담한 반응을 하는 바다
와도 같은 사람이었기 때문이다. 가정 형편이 어
려워 학교에 더 이상 보내주지 못하겠다는 말을
할 때도 미성의 말에는 울음이 살짝 배였을 뿐이

었다. 그런데 오늘 수현이 들은 미성의 문장에는 단호함과 낯섦이 뚝뚝 묻어났다. 무엇이 그녀를 그리도 단호하고 낯설게 만들었을까.

수현은 침대에 모로 누워 책장을 바라보았다. 도시에 관한 책들이 가득 들어차 있었다. 책장의 맨 위, 그러니까 책을 놓을 수 있는 칸막이가 없는 옥상 같은 곳에는 쓰레기장에서 주운 잡동사니들 중 마음에 드는 것들이 전시되어있었다. 한쪽 날개가 부러진 모형 비행기와 불이 켜지지 않는 금속 라이터 등이었다. 그는 도시의 기술에 관해 누구보다도 관심이 있었다. 그렇지만 도시로 가고 싶은 생각은 전혀 없었다.

수현은 시골에서 태어나 자라면서 노동을 통해 보상을 얻는 삶을 살아왔다. 그래서 그는 열심히 일해서 얻는 것만이 정당한 보상임을 느껴왔고, 일하지 않아도 보상을 얻을 수 있는 도시에 대해서 반감을 가지게 된 것이다. 또한 도시의 주민들은 노동을 하지 않아도 재화를 얻을 수 있었고 이는 매일 엄청난 양의 쓰레기가 시골의 쓰레기장으로 쏟아지는 현재를 낳았다. 그렇기에 매일 쓰레기장으로 출근하면서 그의 반감은 더욱

강화되었을지도 모른다.

머리가 아파왔기에 수현은 결국 잠을 이루지 못하고 침대에 앉아버렸다. 구석에 있던 가방이 눈에 들어왔다. 가방 안에는 오늘 주운 고물들이 가득했다. 수현은 머리도 식힐 겸 오늘의 전리품들을 분류하기 시작했다. 바로 팔 것. 고쳐서 팔 것. 수집할 것. 세 가지 기준으로 분류를 완료하자 한 물건이 유독 눈에 들어왔다. 쓰레기장의 입구에서 주운 '가상현실 게임기'였다. 몇 년 전에 유행했던 모델로 도시에서만 판매된 제품이었다. 인터넷을 통해서만 볼 수 있던 물건이 기적처럼 우연하게. 어떻게 시골로 넘어오게 된지는 알 길이 없지만.

수현은 공구함을 꺼내 게임기를 분해하기 시작했다. 쓰레기장에서 주운 물건에 문제가 없을 리 없었다. 아니나 다를까 게임기 내부에는 초록색 전선이 끊어져 있었고 그는 능숙하게 전선을 고쳤다. 그리고 분해된 기기를 재조립하고 가상현실 접속용 고글을 꼈다. 두통은 사라진 지 오래였다. 수현은 두근거리는 심장과 함께 기기의 전원 버튼을 눌렀다.

윙 하는 기계음과 함께 수현의 앞에 근대의 풍경이 펼쳐졌다. 역사책에서나 보던 오래된 자동차와 자전거도 있었다. 거리에는 스마트폰만을 뚫어지게 쳐다보며 걷는 사람들이 가득 했고 종종 들리는 까마귀와 자동차 소리는 현장감을 더했다. 잔뜩 흥분한 수현은 여기저기를 기웃거리며 돌아다녔다. 교복을 입고 떡볶이를 먹는 학생들을 관찰하거나 잔뜩 지친 얼굴로 담배를 피워대는 직장인들 옆에 앉아보기도 했다. 자연스레 현실의 상황은 뒷전이 되었다.

"어우, 다리야. 간만에 다리가 다 아프네."

얼마나 많이 쏘다녔는지 쓰레기 줍기로 단련된 수현의 다리가 간만에 비명을 질렀다. 버스나 지하철과 같은 과거의 교통수단은 구현되어 있지 않았던 것이다. 그는 이태원의 해밀턴 호텔 앞 벤치에 앉아서 바쁘게 움직이는 사람들을 멍하니 바라보았다. 그리고 생각했다.

지금 내 다리가 아픈 것은 실제인가 가상인가.

더 이상 게임에 접속하는 사람은 없는 것인가.

첫 번째 생각은 이내 사라져 버렸지만 두 번째 생각은 갈수록 커져만 갔다. 서버가 아직 살아있다는 것은 이용자가 남아있다는 증거이기 때문이었다. 그날을 시작으로 수현은 매일 같이 서버에 접속해서 이곳저곳을 돌아다니며 이용자를 찾았다. 쓰레기장에서 고물을 뒤질 때도, 미성의 은근한 눈치를 받으면서도 그는 자신과 같은 누군가를 찾아내기 위해 애썼다. 편의점부터 식당, 장난감 가게, 식료품점, 학원까지. 사람들이 많을 만한 장소라면 가리지 않았다. 그렇게 꽤 오랜 시간이 지나 그가 거의 포기를 앞둔 시점이었다. 평범한 주택 옆 고물상을 지나던 수현이 윤희를 만난 것이다.

"어? 호, 혹시 사람이신가요?"
"안녕."
수현은 가상현실 속에서 우연히 만난 윤희가 너무 고마웠다. 만났다보다는 찾아냈다고 표현하는 게 더 가깝기는 하겠지만 말이다. 둘은 좋아하는 노래나 취미는 물론 처한 상황까지 비슷했다. 심지어는 게임에 접속하는 시간조차도 비슷했다. 대부분의 경우 윤희가 항상 먼저 접속해있었지만. 그런 둘 사이의 유일한 차이점은 바로 도시를 바라보는 관점이었다. 아파트 놀이터 근처 벤치에 앉은 수현은 또 푸념을 늘어놓았다.

"요즘 엄마가 자꾸 눈치를 줘서 걱정이야. 매일 저녁으로 고깃국이 나오는데 거기서 아무런 맛도 느껴지지 않아. 고무 타이어를 씹는 것 같아. 예전에 먹던 옥수수 들어간 국이 더 맛있었어."

"매번 고깃국을 해주시는 건 조금 무서운데. 가격을 생각하면 공포영화가 따로 없어."

"내 말이."

"그래서 넌 아직도 결정을 못 한 거야?"

"난 절대 도시로 가고 싶지 않아. 근데 엄마가 너무 단호하시니 어떻게 해야 할지 모르겠어."

"야, 너 말고 차라리 내가 도시로 가고 싶다. 난 너의 대부분을 이해하지만 도시로 가기 싫은 마음은 이해가 안 돼. 곧 이주가 시작되지 않아?"

"어, 얼마 안 남았어."

수현은 한숨을 길게 뱉었다. 윤희는 그런 수현을 원망과 장난이 섞인 눈으로 바라보았다.

"쉽게 생각해 봐, 수현아. 이왕 사는 인생, 쾌적하게 오래 살면 좋잖아? 도시로 가면 매일매일 공짜로 음식과 게임이 쏟아져. 일을 안 해도 충분히 살 수 있으니 더 이상 살기 위해 꿈틀거릴 필요도 없잖아."

"네 말대로 도시가 정말 천국과 같다면, 도시에서 시골로 넘어오는 사람들은 왜 생기는 거냐?"

"그 사람들은 즐길 거 다 즐겨 봤으니까 그런 미친 선택을 하는 거지. 아주 배가 부른 거야. 그것도 엄청나게 부른 거야."

수현은 윤희의 말을 반박할 수 없었다. 그를 알아챈 윤희는 한층 더 높은 톤으로 말을 이었다.

"시골은 너무 여유가 없어. 숨이 턱턱 막힐 지경이라고. 해가 지면 시골은 빛을 잃어. 반대로 도시의 밤은 낮보다도 더욱 빛나지. 시골의 하루와 도시의 하루는 길이가 달라."

"그렇지만 도시 사람들은 저런 것들을 못 보잖아."

수현은 턱으로 밤하늘을 가리켰다. 윤희는 전혀 이해가 되지 않는다는 표정이었다.

"하늘? 별?"

"둘 다. 도시 사람들은 진짜 밤하늘과 진짜 별들을 평생토록 직접 보지 못하잖아."

"하늘이랑 별이 밥 먹여 주니? 그런 것들보다

더 좋은 게 쏟아져 나오는 도시인데 굳이 쓸모 없이 멀리 떨어져 있는 커다란 돌덩어리들을 찾아볼 필요가 있겠어?"

짜증 섞인 윤희의 대답에 수현은 골똘히 무언가를 생각하다 입을 열었다.

"어쩌면 도시 사람들은 자신들이 만든 인공하늘이 진짜 하늘이라고 믿고 싶은 걸지도 몰라."

다음 날, 식탁에는 고깃국이 오르지 않았다. 대신 옥수수와 당근이 들어간 멀건 국이 모습을 보였다. 변화를 감지한 수현은 본능적으로 미성의 시선을 살피며 저녁을 먹었다. 역시나 아무런 맛도 느껴지지 않았다. 매일의 저녁 시간이 참 고통스러웠다. 겨우 국을 비웠다.

"잘 먹었습니다."

"이주까지 일주일 남았어, 아들. 이제는 슬슬 대답을 해 줄래?"

그녀의 말투는 부드러웠지만 잔뜩 날이 서 있는 것을 숨길 수는 없었다.

"알았어요, 내일은 꼭 대답할게요."

"내일?"

"……."

"도대체 넌 왜 여기를 떠나고 싶지 않은 거니?"

그녀는 이제 말투조차 부드럽지 않았다. 짜증과 분노가 대놓고 서려 있는 문장이었다. 아들은 처음 보는 엄마의 표정에 잔뜩 겁을 먹었다. 수현은 아무런 사고가 되질 않았다. 그저 얼른 이 순간이 지나가길 바랐다. 그러나 수현의 겁먹은 얼굴은 미성의 행동을 유도하는 촉발제가 되고 말았다. 아들의 표정을 읽은 엄마는 이성을 유지하지 못하고 식탁에 있는 모든 것을 오른쪽으로 내쳐버린 것이다. 사기그릇이 부서지는 소리와 함께, 수현의 흰색 티셔츠에 멀건 국물 방울들이 타오르듯 천천히 퍼져나갔다.

"얻으려고 해도 얻어지지 않는 삶, 겨우 살아가며 매일매일 가슴 졸이는 삶이 넌 대체 뭐가 좋단 거니!"

수현은 앞에서 화를 내고 있는 여자가 자신의 엄마가 아닐 거라고 되뇌었다. 그리고 그 여자를 진정시킬 방법을 떠올렸다. 여러 가지 문장들이 떠올랐지만 금방 스러졌다. 도저히 입이 떼어지질 않았다. 미성은 하얗게 질려버린 수현을 노려보다가 갑자기 옆으로 고개를 돌렸다. 그녀의 눈물이 흐르기 시작했고 다문 입 사이로는 신음이 비어져 나왔다. 그러다 풀썩 주저앉아버렸다. 엄마는 두 손으로 얼굴을 가린 채 무척이나 서럽게 울었다. 아니, 울었다기보다 울부짖었다. 가슴 속의 응어리를 전부 토해 내는 듯 잔혹하게.

수현의 눈에 비친 것은 더 이상 강인하지 않은 엄마였다. 우는 그녀를 보면서 수현이 느낀 것은 슬픔과 이질감보다는 무서움에 더 가까웠다. 그렇게 얼마의 시간이 흘렀을까. 울음이 정적이 되었을 때, 미성은 심호흡을 두어 번 하더니 결심한 듯 아들을 바라보았다. 눈물로 얼룩진 그녀의 얼굴은 엉망이었지만 눈빛만은 몹시 매서웠다.

"아들, 난 사실 프로젝트에 당첨된 게 처음이 아니란다."

이 말을 뱉은 그녀는 아들의 눈을 피하며 과거를 회상했다. 그녀의 눈은 옛일이 되어 버린 시간과 공간을 찾아 헤매는 듯 무형의 어딘가에 머물렀다.

"어머, 나 당첨됐어! 당첨됐다고!"

물방울무늬 원피스를 입은 스물두 살의 미성은 탄성을 질렀다. 그녀가 꽉 쥐고 있는 스마트폰에는 다음과 같은 문자 메시지가 와 있었기 때문이었다.

최미성 씨와 정수남 씨는 제361차 도시 이주 프로젝트 대상자로 선정되었습니다.

미성은 마음을 가라앉히고 남편인 수남에게 전화를 걸었다. 하지만 전화는 연결되지 않았다. 두 달 전, 큰돈을 벌어오겠다며 집을 나간 수남은 그 길로 연락이 점점 뜸해졌다. 미성은 그가 일자리를 찾지 못해 미안한 마음에 연락을 피하는 거라고 믿고 있었다. 아니, 그렇게 믿고 싶었다. 불안한 하루하루를 보내던 그녀에게 일하지 않아도 잘 먹고 잘 살 수 있는 도시로 갈 수 있는 기회가 찾아온 것이다. 완벽한 구원과도 같았다. 지긋지긋한 현재의 삶을 청산하고 남편의 짐까지 덜어줄 수 있는 완전한 해결책, 그것이 이주 프로젝트였다. 아내는 전화를 받지 않는 남편에게 문자로 선정 사실을 알렸다.

    문자를 보낸 지 몇 분 만에 남편에게 전화가 왔다. 어제는 열 시간이 넘게 답변이 오지 않았는데. 전화기 너머의 그는 고맙다고, 너무 고맙다고, 그동안 미안해서 전화 못 했다고, 일자리를 아직까지 구하지 못했다고 했다. 당시 남편의 목소리를 오랜만에 들은 미성은 너무 반가운 나머지 그의 주변에서 들리는 여자의 목소리를 알아차리지 못했다.

    수남은 어디서 났는지 검정색 세단을 끌고 집으로 돌아왔다. 친한 선배에게 잠시 빌렸다고 했다. 일자리를 구하지 못한 사람치고는 유난히 혈색이 좋았다. 오히려 집을 나가기 전보다 더 건강해 보인다고 말할 수 있을 정도였다.

    "생각보다 건강해 보이네. 얼마나 걱정했는지 알아?"

    "그 얘기 들은 후로 도시 생각만 했더니 십 년은 젊어지는 거 같아."

    "그렇게 좋아?"

    "당연하지."

    "내일 바로 등록하러 가자."

    "당신 그동안 정말 고생 많았어. 연락 못 받아

서 미안해."

미성과 수남은 세단을 타고 건강검진센터로 향했다. 이주에 앞서 건강검진은 필수였기 때문이었다. 대부분의 이주 예정자가 통과하는 간단한 검진이었다. 문제는 이 간단한 검진에서 발생했다. 미성의 임신이 발견된 것이다. 임신한 상태로는 이주를 할 수 없었기에 미성은 선택의 기로에 강제로 놓여졌다. 선망해왔던 찬란한 도시의 삶인가. 곧 태어날 자신의 아이인가.

수남은 미성의 눈치를 살폈다. 이주 프로젝트의 신청자이자 당첨자는 미성이었고 미성의 의사에 따라 취소가 가능했기 때문이다. 즉, 미성의 손에 자신의 도시행이 달려있었기에 수남은 태어난 이래로 가장 빠르게 머리를 굴렸다. 어떻게든 미성을 설득해야만 한다는 생각이었다.

"미성아, 난 현재의 네 삶이 더 소중하다고 생각해. 넌 아직 스물두 살밖에 안 됐어. 지금 이 기회를 놓치면 언제 또 이런 행운이 올지 몰라. 도시는 시골보다 모든 면에서 좋아. 우리가 평생 꿈꿔왔던 삶이잖아."

"당신은 거짓말을 할 때마다 항상 왼쪽 입꼬리가 올라가는구나."

미성은 복잡했던 머릿속이 차갑게 식어버리는 것을 느꼈다.

"당신이 정말 나를 소중하게 생각하기는 했을까."

"다, 당연하지."

"지금 내 안에 있는 자식은 네 자식이기도 해. 그런데 어떻게 한 시간도 고민하지 않고 애를 버리자는 얘기를 해?"

"미성아, 임신은 도시에 정착한 후에도 충분히 가능해. 지금은 우리 미래를 위한 선택을 해야 할 때 같은데. 도시에 가면 의료 시설도 좋고 교육 시설도 더 좋잖아. 애도 더 잘 키울 수 있을 거야. 그러니까……."

"그렇게 도시로 가고 싶어 안달이 난 거면 가. 가 버려. 난 안 갈 테니까."

생각보다 강경한 태도에 수남은 목소리를 낮추고 조심스레 말을 꺼냈다. 그러나 그것은 최악의 수였다.

"그게, 신청자가 너라서 네가 안 가면 나도 못

가. 너도 알잖아."

"미안하게 됐네! 두 달 동안 연락도 없다가 당첨됐다니까 개처럼 달려오더라니! 정말 미안하게 됐어!"

수남은 더 이상 가면을 쓸 수 없었다. 그의 얼굴은 드디어 일그러졌다. 한때 사랑했던 사람의 얼굴이 일그러지는 모습을 본 미성은 약해질 뻔했지만 이내 마음을 다잡았다.

"내가 아는 당신은 욕심 없이 일하는 걸 즐거워했고 그 노동으로부터 얻어지는 것들을 좋아했어. 대체 왜 그렇게 단호하고 낯설어진 거야?"

"야, 넌 여기가 좋냐? 매일매일 근근이 버티는 삶이 좋아서 미쳐버리겠냐고. 하루 일 안 나가면 다음 날 일을 두 배로 해야 해. 그래서 몸이 아픈데도 일하는 거야. 그런 삶이 좋냐? 너는 좋냐고! 너도 싫지? 너도 싫어서 이주 프로젝트를 신청한 거고 당첨에 기뻐서 소리를 지르고 발광한 거 아니냐고!"

처음 들어보는 남편의 사납고 날 선 말투에 아내는 얼어붙었다. 한때 무척 사랑했던 사람에게 수남은 더욱 목소리를 높였다.

"그렇게 몇 년을 계속 지랄을 해서 겨우 기적이 찾아왔는데 너는 대체 왜 그러는데!"

"당신, 우리 아이가 생긴 것은 기적이 아니야?"

수남의 입에서 '방해'라는 단어가 나오자마자 미성은 있는 힘껏 남편의 뺨을 후려갈겼다. 그리고는 택시를 불러 그 자리를 떠났다. 눈물이 차올랐지만 한 방울도 흘려내지 않았다. 입술을 깨물며 그녀는 다짐했다. 절대 그처럼은 되지 않겠다고. 오히려 보란 듯이 잘 살아낼 것이라고.

놀랍게도 선수를 친 것은 수남이었다. 그는 기다렸다는 듯 미성을 버리고 부유층의 여자와 재혼을 한 것이다. 심지어 미성에게 재혼식 초대장을 보내오기까지 했다. 이후 미성은 수현을 낳았고 어려운 형편 속에서도 그를 잘 길러 왔다. 수현을 키우면서 미성은 많은 것들을 포기해야만 했지만 견딜 만하다고 생각했다. 하늘이 그런 그녀를 불쌍히 여기기라도 한 건지, 두 번째 기회가 드디어 그녀에게 주어진 것이다.

두 번째로 찾아온 기회는 잡아야겠다. 반드시 잡아야만 한다. 미성은 그렇게 생각했다. 과거에는 견딜 만하다고 생각했던 것들이 하나둘 자신들의 존재를 드러내고 있었다. 그래서 대답을 차일피일 미루는 아들에게 점점 화가 났고 홧김에 과거를 털어놓게 된 것이다. 아들을 다그치는 미성의 모습은 그녀에게 소리를 질렀던 수남과 몹시 닮아있었다. 그리고 잔뜩 무서움과 낯섦을 느끼는 수현의 모습은 과거의 미성과 몹시 닮아있었다.

갑작스레 과거사를 듣게 된 수현은 혼란스러웠다. 왜 저렇게 변해버린 걸까. 무엇이 엄마를 저렇게 바꾸어놓았나. 의문감이 머릿속을 가득 메웠다. 멍해진 그를 깨운 건 부드러운 목소리와 거친 힘이었다.

"수현아, 엄마가 있잖아? 두 번째 기회만큼은 놓치기 싫어. 절대, 절대로. 얼른 가자."

미성은 아들의 팔을 잡아끌며 말했다. 아들은 저항할 수 없이 그저 바람 빠진 풍선마냥 끌려갈 뿐이었다. 주방에서 현관까지. 그리 멀지 않은 거리. 무언가에 단단히 홀린 듯 텅 비어버린 엄마의 눈을 보며. 현관문 앞에 도착하자 그녀는 뒤를 돌아보았다.

"아들, 엄마가 많이 미안해. 근데 이런 엄마를

이해해줘."

말투는 평소와 같았지만 수현의 눈에 비친 미성은 더 이상 엄마가 아니었다. 수현은 용기 내어 낯선 여인에 맞섰다.

"저는 여기에 남을래요."

얼마 지나지 않아 모자는 헤어졌다. 아들은 슬픈 감정을 느낄 수 없었다. 그가 느낀 것은 의문과 쓸쓸함이었다. 무심한 얼굴의 수현은 주방에 흩어진 사금파리들과 음식들을 치우고, 국물이 묻은 옷을 갈아입었다. 그리고는 방으로 들어가 게임기의 전원을 눌렀다.

"결국 그 소중한 기회를 제 발로 차버렸구나, 내가 그렇게 가라고 했는데."

"그냥 도시로 가는 게 맞는 선택이었을까? 그냥 엄마 따라서 가는 게 더 행복한 길이었을까? 네 말대로 진짜 소중한 기회잖아. 남들은 가고 싶어도 못 가는."

수현은 해밀턴 호텔 앞 벤치에 앉아 지나가는 사람들을 바라보았다. 평소보다 훨씬 어두워 보이는 수현의 모습에 윤희는 망설이다가 조심스레 입을 뗐다.

"잘 알고 있네. 근데 왜 여기 남고 싶은 거야? 가장 큰 이유가 뭔지 물어봐도 돼?"

"내가 알던 엄마를 잃어버린 것 같아서."

"그 시기의 엄마를 분실해 버린 게 아닐까?"

"분실이라니? 그게 무슨 소리야?"

"사람은 누구나 변하잖아. 과거의 너와 현재의 너, 그리고 미래의 너. 그건 모두 너야. 지금 네가 화가 나고 서글픈 것은 가장 너에게 따뜻했던 시기의 엄마를 잃었기 때문일 거야."

윤희의 말은 적당히 느리고 몹시도 따뜻해서 수현은 울지 않을 수 없었다. 갑자기 느닷없이 감정이 복받쳐 올랐던 것이다.

"하지만 그 시기의 엄마는 스스로에게 따뜻하지 않았는지도 몰라. 이건 내 생각인데, 오래전부터 엄마는 자신에게 따뜻하지 못했던 거 같으셔. 아마 당첨 전까지는 자신을 따뜻하게 바라보는 법을 잊어버린 상태였을지도 몰라. 당첨이라는 기회가 찾아왔기에 진정 본인이 원했던 것이 뭔지, 되돌아보실 수 있게 되신 거야."

윤희는 품속에서 휴지 두 장을 꺼내 그에게 건

네며 말을 이었다.

"좀 울어. 울어야 하는 날도 있으니까."

"대체, 대체 뭐가 엄마를 낯설게 만든 걸까?"

수현이 힘겹게 꺼낸 목소리에는 물기가 가득했다.

"글쎄…… 나도 그걸 알고 싶어. 사람들은 무엇 때문에 스스로를 분실하는지."

윤희의 목소리에도 물기가 서려 있었다.

현관문 앞에서 아들을 밀쳐낸 미성은 아무리 생각해도 수현을 이해할 수 없었다. 자신의 슬픈 과거를 들었는데도 시골에 남겠다는 심리가 괘씸하기까지 했다. 집을 나선 미성은 식식거리며 택시에 올랐다.

"알파시 이주 건강검진센터로 가주세요."

"오, 당첨되셨나 보네요! 축하드립니다. 저도 매번 지원은 하는데 항상 떨어지더라고요. 혼자 가시는 거예요?"

택시 기사가 너스레를 떨었지만 미성은 대답하지 않았다. 택시는 정적과 함께 달렸다. 미성은 멍하니 차창 너머를 바라보았다. 18년 전, 멋들어진 검정색 세단과 설렘, 그리고 사랑하는 사람이 함께했던 그 길이 더는 예전 같지 않았다. 낡은 회색 택시와 불안함만이 그녀의 곁을 가득 메울 뿐이었다.

"이쪽으로 들어오시면 됩니다."

간단했지만 과거에 통과하지 못했던 건강검진을 마쳤다. 당연히 통과할 줄은 알고 있었지만 왠지 모르게 걱정했던 미성이었다. 건강검진을 통과하고 소지품들을 모두 제출한 미성은 의사를 따라 제한구역으로 향했다. 마스크와 음성변조기를 착용한 의사가 병원 엘리베이터에 카드키를 대자 엘리베이터는 1, 2층 따위의 숫자가 아니라 '제한구역'이라는 단어를 빨간색 LED로 나타내었다.

제한구역 층에는 고전 SF 영화에서나 볼 법한 캡슐이 가득했다. 그중에는 이미 사람이 들어가 있는 것도 있었다. 의사는 미성을 빈 캡슐로 데려갔다. 그리고는 설명해 주었다. 캡슐 안으로 들어간 후 센서를 보고 눈을 세 번 깜빡이면 이주가 시작된다고. 그리고 미성이 들어갈 몸은 이십 대 후반의 여성이라고. 사십 대에서 이십 대로 이동

할 수 있는 운 좋은 상황이었다. 더할 나위 없이 좋은 상황이었지만 미성은 웃을 수 없었다. 마치 무언가를 잃어버린 듯한 상실감이 그녀를 죄고 있었다.

"준비는 다 되셨나요?"

"자, 잠깐만요."

미성은 캡슐 옆에 있던 의자에 앉았다. 여러 감정들이 먼저 나오려고 경쟁을 벌이는 것 같았다.

"무슨 문제라도 있으신가요?"

"저, 휴대폰 좀 돌려주시겠어요? 문자 한 통만 보낼게요."

"그러실 줄 알고 따로 빼두었습니다."

의사는 바지 주머니에서 휴대폰을 꺼내 미성에게 건네고는 말을 덧붙였다.

"여기 오는 사람들 대부분은 꼭 직전에 휴대폰을 다시 달라고 하시더라고요."

미성은 몇 번을 고쳐가며 무척이나 정성스레 문자를 썼다. 전송을 누른 후 그녀는 바로 휴대폰 전원을 꺼버렸다.

"감사합니다."

"잃어버리거나 잊은 것은 더 없나요?"

미성은 잠시 멈칫하다가 웃으며 없다고 답했다. 그리고는 캡슐로 들어갔다. 캡슐 안은 생각보다 추웠으며 등에 닿는 차가운 금속의 느낌이 마음에 들지 않았다. 눈높이 정도에는 붉은빛을 점멸하는 센서가 위치해 있었다. 센서를 가만히 보던 미성은 의사의 마지막 질문을 떠올렸다.

'내가 잃어버린 것은······.'

시끄러운 기계음과 함께 캡슐이 가동하기 시작했다. 의식을 잃은 미성의 얼굴은 묘하게 일그러져 있었다. 의사는 캡슐의 유리창 너머로 미성의 얼굴을 확인하더니 그녀의 휴대폰을 다시 꺼냈다. 화면에는 문자가 전송되지 않았다는 알림이 표시되고 있었다. 제한구역을 나온 의사는 미성의 휴대폰을 통해 문자 한 통을 보냈다.

제407차 이주 프로젝트 대상자인 최미성 씨의 이주가 완료되었습니다.

"그 문자가 마지막이었던 거야?"
"어, 솔직히 문자가 올 거라는 생각은 했었는

데 직접 쓴 장문을 예상했거든. 근데 담당 부서에서 전달된 공식 알림이 마지막이었어."

"되게 서운했겠다."

"서운한 건 둘째 치고, 자꾸만 내가 잘못했다는 생각이 들어. 그냥 따라가서 검진 받고 도시로 이주했다면 많은 것들이 지금과 같지는 않았을 텐데."

"그 상황이 지금보다 더 좋을 거란 보장은 없긴 해."

"그건 그렇지."

둘은 항상 그랬듯 게임 속 해밀턴 호텔 앞 벤치에 앉아있었고 수현의 표정은 어느 때보다 심각해보였다. 윤희는 수현의 눈치를 보다 조심스레 말을 꺼냈다. 오묘한 웃음을 감추지 못한 채로.

"전에 네가 물었었지? 도시가 정말 천국과 같다면, 도시에서 여기로 넘어오는 사람들은 왜 생기는 거냐고."

"그래서 네가 배가 부른 사람들이나 하는 선택이라고 답했잖아."

"그럼 내가 하나 물어볼게. 도시에서 시골로 가고 싶어 하는 사람이 생기는 이유는 무엇일까?"

수현은 잠시 생각하더니 장난스런 말투로 대꾸했다.

"내가 어떻게 알아, 그걸."

"아니, 넌 이미 답을 알고 있을 걸."

윤희는 잠시 시간을 줬지만 수현은 전혀 모르겠다는 얼굴을 내비쳤다. 윤희는 싱긋 웃어보였다.

"도시 사람들은 도태되고 싶어서 시골로 오는 거야. 실제로 도시의 자살률이 시골의 경우보다 훨씬 높은 건 너도 알고 있잖아."

윤희는 시선을 하늘로 옮겼다.

"일을 안 해도 충분히 살 수 있는 공간. 유토피아 같은 도시의 가장 큰 허점은 일을 할 필요가 없는 것. 그 자체야. 도시에서도 일을 하는 극소수의 인간이 되려고 버둥거리던 사람들은 결국 실패하고 자신은 특별하지 않다는 생각을 하게 돼. 그 이후론 아무 일도 못 하고 먹고 자는 무료한 하루가 반복되게 되지. 이상적인 사회가 절대 아니야. 인간은 노동을 끊을 수가 없거든."

수현의 얼굴이 더 굳어졌다.

"그래서 이주를 선택하는 거야. 무슨 일이든지 상관없으니까 일을 하고 싶어서. 자신의 가치

를 확인하고 싶어서. 자신이 남들과 달리 쓸모 있
는 사람이라는 것을 증명하고 싶어서."

이때 수현은 용기를 내어 말을 꺼내려 했다.
그러나 윤희가 선수를 쳤다.

"이주를 선택하는 다른 이유가 있을 거라고
말하고 싶은 거지? 맞아, 한 가지 이유가 더 있다
고 생각해. 그건 바로 멋지게 죽고 싶어서야."

"멋지게 죽는다니?"

"원래 인간은 자연의 순리를 따르는 시골에서
살아왔어. 감히 유토피아를 모방한 허점투성이
도시에 살지 않았단 거지."

"그래서?"

"그래서 도시 사람들은 도시에서 보낸 시간이
길수록 원초적인 일을 하고 싶어 해. 쉽게 말해
컴퓨터를 두드리는 일보다는 물고기를 잡는 일
같은 걸 하고 싶어진다는 얘기야. 이게 심해지면
인공하늘이 아닌 진짜 밤하늘과 별들을 보는 것
을 평생의 소원으로 여기기까지 하지."

윤희는 수현에게 다시 눈을 맞췄다. 어딘가 쓸
쓸한 웃음을 품은 얼굴이었다.

"도시 사람들은 물고기를 잡는 일을 하고 싶

어 하지만, 지나친 개발로 인해 물고기를 구할 수 있는 곳은 양식장뿐이야. 그래서……."

"잠시만! 그럼 양식장 주인이 그 사람들을 위해 실내 낚시터를 만들면 되잖아?"

수현은 기다렸다는 듯 윤희의 말을 끊었다. 꽤 예리하게 맹점을 찔렀다고 생각한 수현이었지만 윤희의 반응은 예상 밖이었다. 윤희는 수현의 말을 듣고는 한참 깔깔거리며 웃었기 때문이다. 그녀는 배를 부여잡고 심호흡을 몇 번 하고 나서야 겨우 대답을 했다.

"그럼 양식장 주인은 뭘 얻을 수 있는데? 아무것도 없어. 돈? 도시에서 돈이 필요하겠니?"

수현은 말문이 막혀버렸다. 그런 그의 옆으로 윤희는 더욱 당겨 앉았다.

"인간은 가지면 가질수록 욕심이 많아지거든. 너도 알고 있잖아?"

수현의 머리가 빠르게 돌아가다가 멈췄다. 수현은 무언가를 깨달은 듯했다.

"그럼 한 가지만 물을게."

"얼마든지."

"넌 누구야?"

일순간 정적이 흘렀다. 질문을 들은 윤희의 얼굴에 환하게 미소가 피어났다.

"드디어 여기까지 왔구나. 난 너를 가장 잘 알지만 너는 나를 잘 모르는 것 같아."

수현은 자신의 예상이 맞았음을 직감했다.

"넌 나를 오랫동안 분실해 왔어."

윤희의 말을 끝으로 수현의 양 관자놀이에는 심한 통증이 느껴졌다. 깜짝 놀란 수현은 게임기를 벗어던졌다. 윙 하는 기계음을 내는 게임기에서 검은색 연기가 조금씩 새어 나오고 있었다. 수현은 곧바로 현관으로 향했다. 미성에게 밀쳐졌던 바로 그 현관에서 소화기를 가져와 게임기를 향하게 한 후 작동시켰다. 연기는 금방 줄어들었고 게임기는 소화기 속 물질의 영향인지 여기저기 흠집이 나 있었다. 수현이 쓰레기장에서 게임기를 주웠을 때의 상태와 똑같았다. 수현은 공구함을 꺼내 게임기를 분해하기 시작했다. 떨리는 손을 부여잡고 위태위태하게 부품별 분리에 성공했다. 게임기의 초록색 배선이 끊어져 있었다.

별 모양 지구

초대한 적도 없는데 어떻게 알고 찾아오는지 태양은 매일같이 내 틈새를 비집고 들어온다. 힘겹게 눈을 뜨면 쓰레기 냄새와 쇳내가 섞인 겨울의 공기가 콧속에 침입한다. 대충 기지개를 켜고 주위를 둘러본다. 익숙한 뒷모습이 눈에 들어왔다. 어깨가 떡 벌어진 든든한 체구. 그의 등판을 가만히 보다 그가 덮고 있는 담요를 걷어버렸다. 엄습해오는 추위에 화들짝 놀란 그의 입에서 걸쭉한 침이 주-욱 하고 떨어졌다. 드넓은 등판을 주먹으로 가볍게 쳤다.

"이봐, 휴이. 슬슬 일하러 가자고."

"쓰읍, 일이라니. 이건 그냥 막노동이잖아."

"건물을 올리는 숭고한 일이지."

"숭고는 개뿔, 밥이나 잘 나왔으면 좋겠다."

휴이는 술을 좋아하고 힘이 센 흑인인데 어느새 나와 친해져 있었다. 얼마 전 그는 아파트 쓰레기장에서 주워 왔다며 커다란 거울을 가져왔는데, 그 거울이 우리의 화장대가 되었다. 화장이라고 해 봤자 손으로 대충 머리를 정리하는 정도였지만 우리는 그 일을 게을리 하지 않았다. 최소한의 예의라고 생각했다.

그날도 대충 머리를 매만진 다음 '건축 사업'에 일조하러 갔었다. 휴이와 내가 거주하는 동네는 틈만 나면 건물을 부수고 다시 짓는 지역이라 일거리는 항상 넘쳐났다. 그렇지만 문제는 경쟁자들이 그보다 더 많다는 것이었다. 우리는 겨우 햇빛이 드는 뒷골목에서 나와 따스한 햇볕이 넘치는 도시의 중심부로 향했다. 거리를 바쁘게 걸어가는 사람들은 그 와중에도 나와 휴이를 곁눈질했다. 일부는 혐오감을, 일부는 동정심을, 그리고 극소수는 부러움을 내비쳤다.

익숙한 시선들을 받아내며 도착한 곳은 변두리에 있는 작은 사무실이었는데, 전단이 덕지덕지 붙은 철문을 열면 꾀죄죄한 몰골을 한 사람들이 항상 잔뜩 있는 장소였다. 그날은 어제보다 사람이 더 많은 것 같았다. 가축들이 사료통 근처에 모이듯, 그들은 낡은 전기난로의 열선 주위에 옹기종기 모여 있었다. 그들의 반대편에는 항상 가죽 의자에 몸을 누인 뚱뚱한 남자, 그리안이 있었다. 욕심이 그득한 그의 두 눈이 문을 열고 들어오는 나와 휴이에게 머물렀다.

"자네들은 인사할 줄 모르나?"

"아, 안녕하세요. 어제 벽돌 날랐던 시몬입니다."

"어제 그 사람들이구만. 어쩐지 눈에 익다 했어. 오늘도 일할 수 있나?"

전기난로 쪽에서 뜨거운 시선들이 느껴졌다. 며칠 굶은 사람의 시선도 있었고 나흘째 일을 못 나간 사람의 시선도 있었다. 그렇지만 신경은 쓰이지 않았다. 그 정도는 견뎌내야 살아남을 수 있다는 걸 깨달은 지는 이미 오래되었기 때문이다. 나와 휴이는 동시에 대답했다.

"예! 감사합니다."

하지만 억지로 밝게 대답했던 것이 후회될 만큼 일은 힘들었다. 함께 작업에 투입된 어린 신참 한 명이 오전을 못 버티고 도망쳐 버렸기 때문이었다. 그 때문에 세 명이 해야 할 몫을 두 명이 짊어지게 된 것이다. 밥이라도 잘 나오길 바랐건만 당근이 들어간 죽이 전부였다. 거세게 부는 바람 아래 감독에게 욕을 먹으며 벽돌을 날랐다. 욕을 먹으니 욕이 저절로 나왔다. 코끝이 시린 겨울에 나와 휴이는 땀범벅이 되었다. 그러나 해가 진 후 작업이 끝나고 받은 봉투를 열어보니 입가가 절로 씰룩거렸다. 불만은 돈의 액수를 보고 눈 녹듯 사라졌다. 휴이도 함박웃음을 지어 보이며 내 어깨에 손을 얹었다.

"오랜만에 술이나 잔뜩 먹자."
"오랜만은 무슨, 어제도 마셨으면서."

"그건 싸구려 캔 맥주잖아."

"말 조심해, 행복을 가져다주는 무언가는 절대 싸구려가 될 수 없다고."

행복을 가져다주는 무언가. 그러니까 술이 문제였다. 평소보다 많은 일당을 받은 나는 분위기에 휩쓸려 도수가 높은 술을 몇 병이나 들이부었고 거나하게 취해 버렸던 것이다. 휴이는 어디로 갔는지 보이지도 않았다. 상관없었다. 언제든 다시 볼 수 있는 친구이다. 가로등 하나 없는 까만 거리를 비척비척 걷다 문득 한 상점이 눈에 들어왔다. 오렌지색 조명이 인상적인 가게였다. 사실 가게인지도 모르겠다. 간판도 없었기 때문이다. 늦은 밤, 깜깜한 거리의 구석에서 오로지 그 공간만이 은은하지만 어딘가 의심스러운 빛을 내고 있었다.

홀린 듯 문을 열어젖혔다. 평소라면 하지 않을 모험이었다. 술기운 때문이었을까. 그래, 아마 술 때문이었을 것이다. 대강 안을 둘러보니 기묘했다. 양쪽 벽면은 책으로 가득 찬 책장이 있었으며 중앙의 판매대에는 지구본 세 개가 놓여 있었다. 특이했던 건 지구본들의 모양이었다. 왼쪽에서부터 세모 모양, 네모 모양, 그리고 무엇인지 모를 기묘한 모양까지. 지구본들 옆으로는 열쇠고리들이 쌓여있었는데 그 역시도 모두 별난 지구의 모양을 모티브로 하는 것들이었다.

"영업시간이 아닙니다만, 도움이 필요하신가요?"

친절한 문장이었지만 왜인지 한기가 느껴지는 목소리였다. 뒤를 돌아보니 정장 차림의 중년 여자가 서 있었다. 이 새벽에 정장인 것도 놀라웠지만 그녀의 외관이 더 놀라웠다. 170센티미터는 우습게 넘을 듯한 키와 깡마른 몸, 무엇보다도 안색이 화장지보다 더 창백했다. 여자의 묘한 분위기에 정신이 조금씩 돌아오고 있었다.

"무엇을 파는 가게인가?"
"평범한 가게입니다. 미래의 손님들이 원하실 수도 있는 물건들을 팔고 있죠."

"원하실 수도 있는 것들이라니?"

"애매하고 모호한 것들이지요."

그녀는 품속에서 사진 한 장을 꺼내 내게 건네
주었다. 검은색 바탕의 중앙에는 둥근 지구가 자
리하고 있었다. 맥이 빠졌다.

"이건 그냥 지구잖소."

"그냥 지구는 뭔가요."

"평범한 사진이란 말이오."

"손님, 손님께서는 이 사진이 진짜라고 믿으
십니까?"

"그게 무슨 소리요. 오래전 학교 수업 시간에
도 봤던 사진 같은데."

"네, 이건 1972년 아폴로 17호가 촬영한 블루
마블이라는 유명한 사진이죠."

"그러니까 당연하잖소."

"당연히 믿으신다고요?"

"그야 당연히……."

말을 이을 수 없었다. 지구가 둥글다는 사실을

가르쳐준 건 누구였던가. 어렸을 때 벽난로 옆에서 읽었던 삽화가 그려진 백과사전이었는지, 종종 과학과 관련된 이야기를 해주던 아버지였는지, 쓸데없는 것과 그나마 쓸 만한 것을 섞어 배우는 학교라는 공간이었는지 기억이 나지 않았다.

"손님은 어디에선가 지구가 둥글다는 말을 들으셨을 거예요. 그리고 그 말을 믿어 버리신 거죠. 당연한 진실인 것처럼."

머릿속이 차가워졌다. 우주에 다녀왔다고 하는데. 우주선을 타고 우주로 간 비행사가 직접 찍은 사진이라는데. 세계적으로 인정받는 사실이지 않은가. 저 여자는 왜 그 당연한 사실을 따지고 드는 걸까. 애초에 이 새벽에 오렌지색 조명을 켜둔 이 가게가 훨씬 당연하지 않은데. 이상하다. 잠깐, 당연한 것과 이상한 것의 기준은 무엇이지? 그리고 나는 왜 화가 나는 걸까. 술기운이 조금 더 강해졌는지 얼굴에 작열감이 느껴졌다.

"지구가 둥글다는 걸 모르는 사람은 없소! 지

나가는 꼬맹이도 알고 있는 것이오!"

되레 큰 소리를 지른 나에게 그녀는 수수께끼 같은 미소로 답했다.

"사회에 적응하기 위함이죠. 남들이랑 같아져서 눈에 띄지 않기 위해. 마치 작은 물고기가 포식자를 피하려 무리를 이루는 것처럼."

그녀는 천천히 내 쪽으로 걸어왔다. 조금씩 가까워지면서 그녀의 상의에 있던 이름표가 눈에 들어왔다. 이메진.

"지구가 둥글지 않다고 말하면 지나가던 꼬맹이도 비웃는 이 사회에 적응하기 위해서 그저 지구는 당연히 둥글다고 정당화하신 건 아닐까요?"

심장이 빨리 뛰기 시작했다. 그리고 시야마저 조금씩 흐려지면서 격한 어지러움이 느껴졌다. 얼른 여기서 나가야만 했다. 본능적으로 그걸 알 수 있었다. 아, 본능? 본능이란 무엇인가.

"구경 잘했소, 이만 가보겠소."

"다음에 또 뵙겠습니다. 제가 사람은 참 잘 보는 것 같네요."

이메진의 대답은 이상했지만 어딘가 따뜻함이 배어 있었다.

울렁이는 위장을 억누르며 가게에서 빠져나왔다. 여전히 밖은 칠흑같이 어두웠지만 넘어지지도 부딪히지도 않고 똑바로 걸을 수 있었다. 정신은 갈수록 선명해졌다. 생각이 많아진 채로 보금자리에 도착하자 불만 섞인 목소리가 나를 반겨주었다. 휴이였다.

"다른 술집에서 한 잔 더 하자니까 왜 갑자기 사라진 거야?"

휴이는 다른 술집을 다녀왔는지 혀가 꼬부라져 있었다. 하지만 나는 여유가 없었다. 지금 선명하게 느껴지는 이 의문을, 누군가가 부정해 주길 바랐다. 그것이 술 취한 휴이라 해도 상관없었다.

찬밥 더운밥 가릴 처지가 아니었다.

"휴이, 지구는 무슨 모양이라고 생각하나?"

"갑자기 그딴 걸 물어보냐, 술도 같이 안 마셔
준 놈이."

"다음엔 같이 마시자고."

"이제야 말이 통하네, 뭐라고?"

"지구는 무슨 모양인지 물었어."

"넌 대학까지 나온 놈이 그런 걸 물어보냐?"

"대답이나 해줬으면 좋겠네."

그는 몸을 뒤척이더니 짜증 섞인 말투로 답
했다.

"둥근 모양이지, 네 얼굴처럼."

"둥근 모양이라니?"

"당연한 거 아냐? 학교에서도 그렇게 가르치
잖아?"

그에게는 더 이상 아무것도 물을 수 없었다.
그저 자리에 누워 별이 보이지 않는 꺼먼 하늘만

을 노려보았다. 술을 그렇게 마셨는데도 잠은 오지 않았다. 몸은 피곤하다며 소리를 질러대는데 머리는 계속 돌아갔다. 억지로 잠을 청하려 뒤척이다가 무언가 주머니 속에 있음이 느껴졌다. 주머니 속에서 나온 것은 그 가게에서 본 블루마블 사진이었다. 언제 챙겼는지 모르겠지만 여기저기가 구겨져 있어 사진 속 지구는 더 이상 둥글어 보이지 않았다.

동이 트고 얼마 지나지 않았을 때였다. 한겨울이어서 아직 주위는 짙은 회색빛이었다. 나는 깊게 잠들지 못한 채 끙끙 앓고 있었고 휴이는 세상이 떠나갈 듯 거대하게 코를 골고 있었다. 앓는 소리와 코골이 사이에 다른 소리가 끼어들었다. 두 사람의 발소리였다. 그중 한 사람이 골목 곳곳을 비추며 무언가를 찾는 듯 했다. 그러다 휴이를 깨운 모양이었다. 낮은 목소리가 정적을 깼다.

"경찰이야? 단속 좀 그만 나와라. 안 지치냐?"

잔뜩 날선 휴이에게 맞선 것은 친절함이 가득

묻어나는 남자의 목소리였다.

　"아유, 아침부터 죄송합니다. 경찰은 아니고 이번에 새로 온 공무원이고요. 복지 관련 일을 담당하게 됐습니다."

　그제야 내 눈이 번쩍 떠졌다. 과하다 싶을 정도로 미소를 짓고 있는 키 작은 남자와 무표정한 얼굴의 키 큰 남자가 휘이를 바라보고 있었다. 둘 다 말끔한 양복 차림이었다. 휘이는 복지과 공무원이라는 그의 소개에 경계가 누그러진 것 같았다.

　"아니, 새로 왔다고?"
　"네네, 그렇게 됐습니다."
　"전에 있던 그 양반은 어디로 가고? 그 양반이 좋았는데."
　"전임자께서 사고를 당하셔서요."
　"어유, 얼른 나으라고 전해줘. 근데 무슨 일이야, 아침부터?"
　"아, 다름이 아니라 아침을 좀 대접해드릴까 합니다. 지원금이 나와서요."

"마침 배고팠는데 너무 고마워. 이봐! 시몬!
일어나 있는 거 아니까 같이 먹자고."

휘이와 양복 입은 남자 둘, 그러니까 총 여섯
개의 눈이 나를 향했다. 머쓱해져서 대강 웃어보
였다. 키 큰 남자는 오른손에 들고 있던 검은 비
닐봉지를 뒤적이더니 도시락 네 개를 꺼냈다. 네
개의 플라스틱 용기에는 먹음직스러운 음식들이
푸짐하게 들어 있었다. 가장 먼저 도시락을 받아
든 휘이의 얼굴은 행복 그 자체였다.

"와, 제대로 된 아침은 오랜만이야."
"실례가 되지 않는다면 저희도 같이 먹어도
되겠습니까?"
"땅바닥인데 높으신 분들이 괜찮겠어?"

휘이는 높으신 분들을 위해 박스를 깔아 주었
고 두 남자는 그 위에 엉덩이를 붙였다. 그렇게
도시락을 거의 다 비웠을 때쯤, 휘이가 일어서면
서 하품을 했다.
"아이고, 안 아픈 데가 없네. 어제 너무 마셨

나. 졸리기까지 해"

"그러니까 매번 적당히 마시라고 했잖소."

그의 말을 받아치기는 했지만 나도 왠지 모를 졸음을 느끼고 있었다. 이상하리만치 몸이 무거웠다. 물 먹은 솜과 같은 몸을 겨우 움직여 자리에서 일어나려 했다. 그리안의 사무실에는 훨씬 많은 사람들이 득실거릴 게 분명했다. 아침을 먹느라 뒤쳐졌으니까 얼른 가서 어떤 일이라도 건져야 했다. 그것이 나와 휴이의 하루이고 미래다.

쿵.

둔탁한 무언가의 소리였다. 돌아보니 휴이가 쓰러져 있었다. 사고가 정지했다. 엄청난 노동 강도에도 실실 웃으며 버티던 그가 맥없이 누워있었기 때문이었다. 그의 눈은 마치 편안한 잠을 자는 듯 온화하게 감겨있었다. 당장 여길 빠져나가야 한다고, 그의 등이 말해주는 듯했다.

그 순간, 시야가 흔들리기 시작했다. 네모났던

박스와 그 위에 있던 네모난 도시락 용기들은 울렁이며 모양을 유지하지 못했다. 명확한 네모를 유지하던 것들이 일그러졌다. 네모가 세모로, 세모가 오각형으로, 오각형이 별 모양으로. 그렇게 별 모양까지 보던 나의 눈은 어느새 암흑으로 가득 찼다. 그렇게 순식간에 기절해 버렸다.

덜컹덜컹.

자동차 소리에 정신을 차리니 아무것도 보이지 않았다. 눈에는 안대가 씌워져 있었고, 그걸 벗으려 하자 익숙한 목소리가 들려왔다. 키 작은 남자였다. 소리가 들리는 방향으로 보아 그는 운전석에 있는 것 같았다.

"안대는 벗지 말아 주셨으면 합니다. 저희 협회의 위치는 기밀이거든요."

키 작은 남자의 말이 끝나자 이번에는 왼쪽에서 익숙하지 않은 목소리가 들려왔다.
"모셔오는 과정이 조금 격했습니다. 죄송합니

다. 그래도 인체에 무해한 성분을 사용했으니 걱정하지 않으셔도 됩니다. 센터를 직접 보여드리고 싶은 마음에서 그랬으니 양해해 주십시오."

키 큰 남자의 목소리일 게 분명했다. 그리고 그들이 도시락에 무언가를 탔다는 사실은 더 분명했다. 일단은 얌전히 있는 게 좋을 것 같기는 했지만 용기를 내어 물어보았다. 운전석에서 답변이 들려왔다.

"휴이는 어떻게 됐소?"
"그 분은 잘 주무시고 계시니 걱정 안 하셔도 됩니다. 주머니에 하루 치 일당까지 넣어드렸습니다."
"당신들은 누구고 협회랑 센터는 뭐요?"
"그걸 알려주기 전에 먼저 물어볼게요. 지구는 무슨 모양입니까?"
"당연히……."

나는 말을 잇지 못했고 운전석의 남자는 그 반응을 예상이라도 한 듯 했다. 그는 손뼉을 치며 좋아했다.

"합격, 합격입니다."

그 말을 끝으로 10분 정도가 지나 자동차가 정차했고 문이 열렸다. 그제야 키 큰 남자가 안대를 벗겨 주었다. 회복된 시각이 가장 먼저 전달한 신호는 지금 내가 있는 곳이 모래바람이 부는 황량한 사막이라는 것이었다. 충격을 받은 인질에게 납치범들은 본인의 소속을 밝혔다.

"저희는 Find A Real Earth, FARE라는 협회에 소속된 사람들입니다."

들도 보도 못한 협회였다. 이상한 종교단체에 끌려온 걸지도 모르겠다는 생각이 들었지만 곧바로 사라졌다. 키 큰 남자의 뒤로 보이는 엄청난 크기의 반구형 건물은 일반적인 사이비 종교단체 따위가 세울 수 있는 규모가 아니었다.

두 남자는 건물로 나를 이끌었고 건물에 가까

이 갈수록 모래바람이 잦아들며 조금씩 추워졌다. 정문에 다다랐을 때는 팔에 소름이 돋을 정도였다. 키 큰 남자가 사원증을 꺼내어 건물 입구의 잠금장치에 대자 굉음을 내며 철문이 열렸다. 건물은 야구장보다 높은 천장을 가지고 있었다. 키작은 남자가 무전기를 꺼내더니 누군가와 대화를 주고받았다. 얼마 지나지 않아 곳곳에 설치된 스피커에서 익숙한 목소리가 흘러나왔다. 잊을 수 없는 기묘한 목소리였다. 침착한 척 말을 받았다.

"어서 오세요, 또 뵙습니다. 시몬 씨."

"가게는 어쩌고 여기에 있소?"

"오늘은 휴무일이랍니다. 여기는 마음에 드시나요?"

"납치범이 할 말은 아닌 것 같소만."

"그저 보여드리고 싶은 게 더 있을 뿐입니다. 수행할 연구원 한 명을 보내드리겠습니다."

참 이상했다. 지금 납치를 당한 상황이 아닌가. 어디인지 모르는 곳에 끌려와서 거대한 건물에 갇혀버린 꼴이란 말이다. 언제 죽어도 이상하지 않을 상황이고 고문을 받더라도 이상하지 않은 상황이다. 그런데도 보여줄 무언가가 있다는 그녀의 말이 너무나도 반갑게 느껴졌던 것이다. 그와 동시에 떠오른 것은 이곳저곳이 구겨진 블루마블이었다.

5분이 채 지나지 않아 흰 의사 가운을 입은 남자가 다가왔다. 키 큰 사람과 키 작은 사람은 나에게 묵례를 하곤 어디론가 바삐 떠나버렸고 의사 가운을 입은 남자는 악수를 청해 왔다. 솔직히 좀 설렜다. 이런 내 자신을 이해할 수 없었지만 이해하고 싶지도 않았다.

"안녕하세요, 말로만 듣던 시몬 씨로군요. 저는 연구팀 소속 정 박사입니다. 저희가 어떤 연구를 하는지부터 보여 드리겠습니다. 따라오시죠."

"그 전에 한 가지만 물어보겠소."

"네, 편하게 물어보세요."

심호흡을 했다. 잔뜩 긴장을 한 채 물어보았다.

"지구는 무슨 모양이라고 생각하나?"

정 박사의 냉정한 표정에 웃음꽃이 만개했다.

"둥글지는 않다고 생각합니다."

이 한 문장이 나에게 가져다 준 감정은 불안이나 신비함 따위가 아니었다. 청량한 개운함이었다.

잔잔하게 퍼지는 개운한 감각을 느끼며 정 박사를 따라 걸었다. 개미굴처럼 무척 많은 방들이 있었고 각 방의 문에는 이름표가 붙여져 있었다. 모든 방은 밖에서 안이 훤히 들여다보이는 유리문으로 되어 있었는데, 정 박사의 걸음이 생각보다 빠른 탓에 방 안을 살펴볼 여유는 없었다.

"자, 이 방입니다."

정 박사의 걸음은 다른 방보다 큰 방 앞에서 멈췄다. 따라 들어가보니 그 방이 강의실임을 직감할 수 있었다. 중앙에는 화이트보드가 있었고 근처에는 흰색 의자들과 책상들이 놓여 있었기 때문이다. 정 박사는 중앙으로 향하더니 프로젝터를 통해 화이트보드에 PPT를 송출했다.

"죄송하지만 짧게 설명을 드려도 괜찮으실까요?"

"원하는 대로 하시오."

그는 머쓱한 듯 웃으며 말을 이어나갔다.

"시몬 씨는 지구가 둥글다는 증거에 대해 알고 있으신가요?"

"우주선이나 인공위성이 찍은 사진이 증거 아니오?"

'사진'을 언급할 때 속이 울렁거렸다. 어릴 적 보았던 백과사전 속 동그란 지구는 한없이 청량한 파란색을 자랑했었는데. 정 박사도 나의 반응을 알아차린 듯, 한 가지를 더 물어보았다.

"그렇다면 지구가 평평하다는 증거에 대해서

는 알고 계신가요?"

나도 모르게 웃음이 나왔다. 아, 젠장. 이메진의 말이 머릿속에서 울려 퍼졌다.

'지구가 둥글지 않다고 말한다면 지나가던 꼬맹이도 비웃는 이 사회에 적응하기 위해서 그저 지구는 당연히 둥글다고 정당화하신 건 아닐까요?'

고개를 세차게 저은 후 겨우 입을 열 수 있었다.

"자네는 지구가 평평하다고 생각하는가?"
"일단 몇 개만 알려드리죠."

정 박사는 왜인지 들떠보였다. 발표를 무척이나 열심히 준비한 것은 물론이고 내용을 전달함에 있어 그의 눈은 열정으로 빛났다. 수평선과 햇빛의 반사, 소실점, 지구의 곡률 등 구체적인 예시들이 사진과 함께 제시되었다. 나는 짧은 지식을 활용해 몇 가지 반박을 해보았지만, 그는 예상했다는 듯 순식간에 답을 내놓았다. 설명이 마무리되

자 내가 물어볼 수 있는 것은 단 하나뿐이었다.

"둥근 지구는 없는 것인가?"
"이 세상에 절대적인 건 없으니까요."

그의 모호한 대답에 내 머리가 오랜만에 빠르게 돌아가는 것을 느낄 수 있었다. 한창 머리가 쌩쌩할 시절에 거리로 내몰린 터라 제대로 머리를 써볼 일도, 그럴 필요도 없었는데. 약간의 허무감과 함께, 큰 쾌감이 찾아왔다. 표정을 감출 수 없었다. 아니, 감출 생각조차 못 했다.

"그럼, 둥근 지구라는 이미지를 대중들에게 각인시키는 것은 무슨 의미가 있는가? 그로부터 얻어지는 이득이 있는 건가?"

박사가 답을 하지 못할 거라 확신하고 던진 질문이었다. 그런데 그는 마치 사막에서 오아시스를 찾은 조난자마냥 환희에 가득 차더니 입이 찢어지게 웃기 시작했다. 얼마의 시간이 지나 겨우 진정한 그가 답했다.

"굳이 이득이 있어야 하나요?"

우문현답이었다. 현자는 우매한 나의 양손을 잡았다.

"지구는 평평할 수도, 둥글 수도, 어쩌면 별 모양일 수도 있습니다. 그럼 이제 당신이 여기에 있는 이유를 보러 가시죠."

평평할 수도 있고 둥글 수도 있다. 어쩌면 별 모양일 수도 있다. 대단한 문장도 아니었는데 계속 마음에 걸렸다. 강의실을 나온 박사를 따라 걷기 시작했다. 이동하는 동안 박사는 자신의 사원증으로 대여섯 개의 관문을 열었고 나는 그저 그를 따라 철문들을 통과할 뿐이었다. 생각보다 오래 걸은 탓에 왼쪽 무릎이 시큰거릴 때쯤, 박사가 언급한 '내가 여기 있는 이유'가 눈에 들어왔다.

입이 자연스럽게 벌어졌다. 멀지 않은 곳에 거대한 우주선이 우뚝 서 있었기 때문이다. 영상으로 보았던 것과는 차원이 달랐다. 회색 합금으로 이루어진 것처럼 보이는 몸체에는 협회 이름인

FARE가 각인되어 있었고 우주선의 머리 부분은 빨간색 원뿔이었다. 그 거대한 금속덩이에서는 웅웅거리는 소리가 계속해서 흘러나왔다. 내 얼굴을 확인한 정 박사는 으쓱거렸다.

"저희 FARE는 오래전부터 우주선을 개발해왔습니다. 저는 실질적인 개발자는 아니지만, 여러 훌륭하신 분들이 계산한 식을 검산하고 적용시키는 임무를 맡고 있죠."

"그, 그러니까 저 우주선을 당장 발사할 수도 있다는 거요?"

"뭐, 이런저런 절차가 필요하긴 하지만 가능합니다. 제일 먼저 이뤄져야 할 것이 바로 우주선에 탈 적임자를 찾는 거죠."

그는 미소를 지으며 내 어깨에 오른손을 올렸다.

"네, 시몬 씨. 부탁드립니다. 진짜 지구를 보고 와 주세요."

혼란스러웠다. 혹시나 하던 일이 실제로 벌어진 것이다. 얼마 전까지만 해도 거리에서 떠돌던 나에게 이런 제안을 하다니. 잘하는 거라곤 굽신거리는 것과 남들의 시선을 개의치 않는 것. 굳이 따지자면 벽돌을 나르는 것까지. 단지 그 세 가지뿐인데 대체 왜 나를 고른 걸까. 조금 우습지 않은가. 대학 졸업장을 따고 회사를 다니는 사람들. 나보다 훨씬 영리한 사람들이 거리에 널렸단 말이다.

얼떨떨한 표정으로 아무 말도 못 하고 있던 남자를 깨운 것은 곳곳에 설치되어 있는 스피커에서 울려 퍼지는 익숙한 여자의 목소리였다.

"우주선의 탑승자가 되어주신 것에 대해, 이 센터를 대표하여 감사를 표합니다."

"당신은 처음부터 이럴 작정으로 상점에서 나에게 바람을 불어넣은 것인가?"

"아니라고는 말 못 하겠네요. 기분이 상하셨다면 사과……."

"아니오. 괜찮소."

솔직히 기분이 나쁘지 않았다. 인생에서 한 번도 이뤄지지 않았던 일이 벌어진 것이다. 누군가에게 선택받는 일. 특정 역할을 부여받는 일. 가치있는 사람이 되는 일. 대체되지 않는, 대체될 수 없는, 꼭 필요한 존재가 되는 것이다. 그리안의 사무실에 머무는 사람들과는 달라지는 것이다.

나는 골목으로 돌아가지 않았다. 더 이상 휴이의 거적을 걷어내는 것으로 하루를 시작하지 않았다. 추위도 햇볕도 쓰레기 냄새도 없었다. 있는 것은 푹신한 침대와 따뜻한 난로가 놓인 아늑한 공간이었다. 아침 10시가 되면 클래식 음악이 흘러나왔고 그 선율로 하루를 시작하였다. 침실 옆 욕실에서 세수를 마치고 나오면 방문을 두드리는 소리가 들리고, 문을 열어보면 아침 식사가 문 앞에 차려져 있다. 훈련의 일환인지 식사는 항상 우주식량만을 주었다. 오늘의 클래식은 베토벤 5번 교향곡인 '운명'이었다. 게걸스레 식사를 모두 비운 뒤 침대 옆에 있는 무전기를 집어들었다. 항상 대답하는 것은 이메진이었다.

"오늘도 기계실에서 도킹에 대해 배우는 거요?"

"도킹을 비롯한 우주선 제어는 이제 어느 정도 숙지가 되신 것 같습니다. 생각보다 배우는 속도가 빠르시네요."

"칭찬은 됐고, 이젠 뭐 하는 건지 물었소."

"꽤 즐거우신가 보군요. 지금부터는 제가 아닌 다른 사람이 당신을 담당하게 될 것입니다. 기계실 옆 계단을 타고 한 층 내려가시면 중력 적응실이 있습니다. 그럼 파이팅입니다."

중력 적응실이라니. 다큐멘터리에서 본 적이 있는 것 같기도 하다. 우주복을 입은 채 무중력 상태에서 훈련을 하는 예비 비행사들의 모습이 떠올랐다. 여태까지 했던 훈련, 그러니까 시뮬레이터를 통한 우주선 제어 연습은 전혀 긴장되지 않았는데. 무중력 상태의 훈련에 들어간다고 상상하니 온몸이 무거워지는 느낌이 들었다.

물 먹은 솜 같은 몸을 이끌고 계단을 내려가자 중력 적응실을 마주할 수 있었다. 출입증을 꺼내 센서에 보여주자 두꺼운 철문이 열렸고, 우주복을 입은 남자가 걸걸한 말투로 인사를 건넸다.

"만나서 반갑습니다. 사이먼이라고 합니다! 이제부터는 실제 우주에 적응하는 훈련을 진행해 보겠습니다!"

"드디어 본격적인 훈련이구만."

목소리가 약간 떨렸다. 그걸 알아챈 건지는 모르겠지만 그는 싱긋 웃더니 우주복을 입는 것을 도와주었다. 솔직히 많은 연습을 했음에도 아직 우주복을 입는 건 어색했다. 우주복을 입은 두 사람은 중력 적응실의 내부로 천천히 걸어 들어갔다. 어느 순간, 앞서 가던 사이먼이 멈췄고 그제야 나는 10미터 정도 되어 보이는 로봇팔을 마주할 수 있었다. 로봇팔의 끝부분은 U자형으로 구부러져 있었으며 그 위에는 회색 합금으로 만든 것처럼 보이는 의자가 부착되어 있었다.

사이먼이 근처에 있는 버튼을 누르자 기계음을 내며 로봇팔이 지상으로 내려왔다. 회색의 의자는 내 어깨선쯤에 위치하였다. 사이먼은 친절하게 주의사항과 훈련 방법을 알려주었고, 나는 안내에 따라 의자에 앉아 안전벨트를 단단히 맸다. 그는 벨트의 상태를 점검하더니 근처의 통제실로 들어갔다. 얼마 지나지 않아 그의 목소리가 음향 시스템을 통해 공간에 울려 퍼졌다.

"시몬 씨, 곧 로봇팔이 회전할 것입니다. 오늘은 처음이니 분당 15회 정도로 회전하는 걸로 하겠습니다. 지구 중력의 2.5배와 맞먹는 정도입니다. 준비되셨습니까?"

지구 중력의 2.5배. 만만치 않은 정도다. 카레이서들이 굉장한 속도를 내며 코너링을 할 때 느끼는 중력 가속도와 유사한 정도라고 이메진이 몇 번 언급해 주었었다. 심호흡을 했다. 심장은 무척 빨리 뛰고 있었고, 조금 불안하기도 했지만 약간의 근거 없는 자신감도 피어올랐다. 원격으로 보고 있을 사이먼에게 오케이 사인을 보냈다. 이윽고 로봇팔은 웅장한 기계음을 내며 돌아가기 시작했다. 처음 두 바퀴는 견딜 만했다. 그러나 세 바퀴를 겨우 돌았을 시점, 억지로 어지러움을 참아내다 결국 코피를 흘리며 기절하고 말았다.

"어이, 안 일어나? 건축 사업에 일조하러 가야
지!"

익숙한 목소리가 나를 찾았다. 휴이였다. 깜짝
놀라 주위를 둘러보니 그곳이었다. 녹슨 통조림
캔이 굴러다니는 나와 휴이의 뒷골목이었다.

"이상한 꿈이라도 꾼 거야? 네 얼굴이 오늘따
라 더 썩어 보여. 오늘 일당 받으면 꼬치구이나
사 먹으러 갈까?"
"아니야, 나는 괜찮아."

안도의 한숨이 나왔다. 참 다행이라고. 역시
그럴 리가 없다고. 술 때문에 별난 꿈을 꾼 것일
뿐이다. 단지 그것이다. 당연한 사실을 괜히 의심
해버린 것이다. 따지고 보면 아무런 쓸모도 없는
일인데. 그걸 밝혀서 뭐 하겠냐고. 허허. 허탈한
웃음이 나왔다.

"시몬, 혼자 웃지 말고 나도 좀 웃게 알려주지 그래? 아침부터 실실거리는 이유가 뭐야? 여자라도 생긴 거야?"

"휴이, 자네는 지구가 무슨 모양인지 아는가?"

"응? 갑자기 무슨 소리야?"

어이없다는 듯 되묻는 그에게서 무언가 위화감이 느껴졌지만, 아무렇지 않은 척 말을 받았다.

"대답이나 해줬으면 좋겠네."

그러자 휴이는 갑자기 섬뜩한 미소를 지었다. 온몸에 소름이 끼칠 정도로 기괴한 얼굴이었다. 뒤틀린 얼굴이 소리를 냈다. 평소의 낮은 목소리가 아니었다. 마치 오래되어 녹슨 라디오가 겨우 켜진 것처럼, 높은 소리와 낮은 소리가 끊임없이 교차하는 기이한 높이의 음성이었다.

"모른 척 하고 싶은 거야? 아니면 다른 사람들처럼 그냥 수용하고 동화되고 싶은 거야?"

몹시도 두려웠지만 다행히 입을 달싹일 수 있었다.

"자, 잘 모르겠어. 그냥 그렇다고 하고 아무 걱정 없이 평소처럼 사는 게 어떨까. 예전처럼 그리안에게 굽실대거나 간간히 나오는 보너스로 고주망태가 되는, 그런 삶이 행복이 아닐까."

"행복? 최근에 네가 가장 행복했던 일은 뭔데?"

"잘 모르겠어."

"최근에 너를 웃게 만든 것은 무엇이냐고."

"……."

"지나가던 꼬맹이가 웃든, 떠돌이 개가 웃든 상관없지 않은가? 애초에 우리는 왜 평범해야 하는가? 우리는 왜 거대한 집단에 맞추고 어울려야 하는가?"

무언가가 끊어졌다가 다시 붙는 것 같은 느낌이 들었다. 이 상황이 무엇인지에 대해 알아채버렸다. 그래서 그에게 다시 물을 수 있었다.

"휴이, 한 번 더 물을게. 지구는 무슨 모양이지?"

"별 모양이지."

뒤틀린 얼굴은 말을 마치고는 배가 터져라 웃어댔다. 여전히 그의 음역은 초 단위로 요동쳤기에 몹시도 소름 끼치는 웃음소리가 공간을 메웠다. 조금 뒤, 내 시야는 온통 암흑이 되었다.

일어나보니 의무실이었다. 땀으로 흠뻑 젖은 나는 침대에 누워있었고 침대 옆 의자 두 개에는 이메진과 사이먼이 각각 앉아있었다. 이메진이 먼저 안부를 물어왔다. 이전보다 훨씬 상냥한 말투였다. 나는 마른입을 움직여 답했다.

"괜찮으신가요?"

"전보다 건강해진 것 같으니 걱정 안 해도 되오."

사실이었다. 오히려 다치기 전보다 훨씬 가뿐한 기분이었다. 무언가 무거운 것을 지고 다니다 내려놓은 것 같은, 그런 기분이었다. 이에 걱정스러운 눈빛을 한 사이먼이 말했다.

"지금 겨우 회복되신 거라 무리하시면 안 됩니다. 조금 더 안정을 취하셔야 합니다. 아직 건강한 상태는 아니십니다."

이에 나와 이메진이 동시에 답했다.

"육체적인 건강이 아니라 정신적인 건강을 말하는 겁니다."
"시몬 씨는 육체적인 건강이 아니라 정신적인 건강을 이야기하신 겁니다."

어리둥절해하는 그를 놔두고 이메진에게 물었다.

"이 훈련 이후로는 어떤 훈련들이 남았소?"
"물속에서 진행하는 유영 훈련과 화장실 훈련 정도가 남았습니다."
"나쁘지 않군, 오늘 하루는 쉬고 내일부터 속행하도록 하지. 더 이상 쓰러지는 일은 없을 거요."

이메진은 나에게 뜻 모를 미소를 보이곤 사이먼과 함께 방을 빠져나갔다.

우주복 안의 내 얼굴은 잔뜩 인상을 쓰고 있었다. 나는 사이먼과 함께 유영 중이었다. 두 사람 주위에는 갈색의 무언가가 떠다니고 있었다. 인위적으로 만들어낸 무중력 공간에서 나는 엄청난 수치감과 미안함을 느낀 것이다. 우주복 내 통신 시스템으로 그에게 사과를 전했다.

"괜찮습니다. 무중력 용변 훈련에서 이런 실수는 흔하니까요."

아무렇지 않은 듯 유유히 떠다니던 그가 근처 벽에 있던 레버를 당기자 무중력 상태가 해제되었다. 동시에, 두 남자와 갈색 덩어리들은 땅으로 낙하했다. 갈색 덩어리들이 지면에 부딪히면서 만들어내는 소리는 무척 끔찍했다.

"정확한 위치에 똥을 누는 연습을 하게 될 줄이야, 세상 오래 살고 볼 일이군."

"곧 익숙해지실 겁니다."

"어차피 우주선에는 나 혼자 탈 거 아닙니까?"

"지금으로선 그렇죠."

"그렇다면 사실 용변 훈련은 필요 없지 않나요? 할 때마다 너무 수치스럽습니다."

이 말을 마친 나는 통신시스템에서 쿡쿡거리는 여자의 웃음소리를 들을 수 있었다. 예상치 못한 그녀의 등장에 몹시 당황해버린 나였다.

"아니, 이 채널은 나와 사이먼만이 연결된 게 아니었소? 당신은 어떻게 접속한 거요?"

"제가 왜소하고 창백하긴 하지만 그래도 센터의 관리자입니다. 사실 들을 생각은 없었는데, 우연히 들어버렸답니다."

"이, 이왕 들은 거 한 가지만 묻겠네. 우주선에는 혼자 탈 건데 왜 용변 훈련이 필요한 거요?"

"욕심이 그득한 그리안의 비위를 맞추는 것보단 쉬울 텐데요."

"다, 당신이 그리안을 어떻게?"

"그건 비밀입니다."

잠시 정적이 흐르고 이메진이 질문에 답하기 시작했다.

"일단 용변 훈련을 하지 않는다면 당신이 일일이 덩어리들을 집어서 처리해야 할 텐데, 무중력 상태에서 뭔가를 집기도 힘들뿐더러 집은 걸 특정 장소에 넣는 건 대단히 많은 시간이 걸릴 겁니다. 시몬 씨는 우주선 내에서 혼자시기에 그런 일에 할애할 시간은 없으실 텐데요. 우주선의 계기판을 보며 선내 산소량, 항로, 도킹 등을 조정하시느라 꽤 바쁘실 게 분명하거든요."

"젠장, 알겠소. 노력해보지."

"제가 어떻게 그리안을 아는지 알려드릴까요?"

"됐소, 그런 건 이제 중요하지 않아."

웅장한 노랫소리와 함께 잠에서 깼다. 오늘의 클래식은 베토벤의 9번 교향곡 중 하나인 '환희의 송가'였고, 식사는 여전히 짜먹는 우주식량이었다. 천천히 식사를 마치고 욕실로 가 거울 앞에 섰다. 그 속에는 헝클어진 머리와 결의에 찬 눈을 가진 남자가 있었다. 그 남자는 머리를 대강 정리하더니 무전기를 집어 들었다.

"준비는 다 되었소."

"기분이 어떠십니까?"

"뭐, 그저 그렇소. 딱히 특별한 기분이 들지는
않아."

"저는 지금 몹시 떨립니다."

"그 말을 들으니 나도 조금 떨리긴 하는 것 같
네만."

긴장을 억지로 즐기며 발걸음을 옮겼다. 도착
한 우주선 발사장에는 이메진, 키 작은 남자와 키
큰 남자, 정 박사, 사이먼까지 모여 우주선을 바
라보고 있었다. 나를 구조해준 모두가 거기에 있
었다. 이메진이 나를 먼저 발견했다.

"시몬 씨, 몸은 괜찮으신가요?"

"조금 떨리는 것 말고는 괜찮소."

"그렇다면 이제 슬슬 시작하도록 하죠. 더 늦
어지면 전투기 훈련 시간과 겹쳐서 발사에 지장
이 생길 수 있습니다."

나를 제외한 모두는 우주선을 제어하는 곳으

로 향했고 나는 우주선의 탑승구로 발걸음을 옮겼다. 제어실로 향하는 행렬의 맨 뒤에 있던 것은 키 작은 남자였는데, 그는 슬쩍 뒤를 돌아보다 나와 눈이 마주쳤다. 이상하게도 그의 눈에서 내가 읽은 감정은 선망이나 고마움, 설렘이 아니었다. 애도. 그 자체였다.

껄끄러운 기분으로 우주선 안으로 들어왔다. 훈련한 대로 능숙하게 출발 준비를 하고 헤드셋을 썼다. 손이 덜덜 떨렸다. 곧 우주로 간다. 통신 시스템 버튼을 눌렀다.

"후후, 마이크 테스트. 다들 잘 있소?"
"센터장 이메진, 대기 중입니다."
"좋소, 출발 후 다시 연락하겠소."

그 후로는 정 박사와 사이먼이 무어라 했던 것 같은데, 아마 응원 목적의 문장들이었을 것이다. 정확하게는 기억나지 않는다. 심호흡을 하고 오른손으로 레버를 서서히 들어올렸다. 그러자 우주선은 굉음을 내며 이륙했고 순식간에 몸이 뒤로 쏠렸다. 자꾸만 날아가려는 의식을 겨우 잡으려 했다. 로봇팔 훈련 때와는 비교도 되지 않을 정도의 힘이 느껴졌다. 기절하지 않으려 거세게 노력했다. 다시는 뒷골목으로 돌아가고 싶지 않아서. 그냥 믿어버리고 편하게 살고 싶지 않아서.

특정 구간을 지나치자 안압이 오르는 게 느껴졌고 어느새 침을 질질 흘리고 있었다. 그렇게 잠시 정신을 잃어버리고 말았다. 다행히 얼마 지나지 않아, 다급하게 들려오는 정 박사의 무전은 나를 깨우는 것에 성공했다.

"시몬 씨! 시몬 씨! 시몬 씨!"

지끈거리는 머리와 무언가로 막혀 있는 코의 느낌. 겨우 정신을 차려보니 양쪽 코의 핏줄이 모두 터져 쌍코피가 난 것을 발견하였다. 콧속이 무척 아렸지만 일단 정 박사에게 답변하는 것이 먼저였다.

"잠시 정신을 잃었었어요."

"정말 다행입니다. 경치는 좀 어떠신지요."

그제야 주위를 둘러보았다. 검은 도화지에 설탕을 뿌린 듯 별들이 우주에 가득 했다. 불행하게도 별들의 반짝임에 정신이 팔려있던 나는 우주선 바로 옆을 지나는 소행성을 뒤늦게 발견했고 그것이 패착이었다. 소행성과의 충돌은 꽤 심각한 결과를 가져왔다. 선내에 경고음이 울려 퍼지자 다급히 계기판을 확인해보았다.

통신 장치 및 산소 발생 장치 파손. 통신 장치 복구 가능.

그동안 배운 것들이 휙휙 지나갔다. 여러 버튼을 누르면서 통신 장치는 겨우 복구했지만 산소 발생장치의 파손은 해결되지 않았다.

"정 박사! 지금 통신 장치는 겨우 복구했는데 산소발생장치에 문제가 생긴 것 같네! 해결 방법이 있겠지? 에러코드는 007이네! 정 박사! 정 박사! 정 박사!"

간절하고도 불안한 나의 외침에 누구도 응답

하지 않았다. 이상했다. 통신 장치는 분명 복구했을 텐데. 답신이 오지 않는다니. 극도의 두려움과 스트레스가 온몸을 휘감았고 그 속에서 나는 깨닫고 말았다. 헛웃음이 절로 나왔다.

아, 그런 거였구나. 애초에 그들에게 지구의 모양은 중요하지 않았던 거야. 네모나든, 둥글든, 별 모양이든 간에. 그들에게 필요했던 건 주변의 지속적인 시선을 견뎌 내는 나날과 비주류단체에 대한 재정적 지원이었던 거야. 남들과는 다른 소신을 지키는 모습을 유지하고 싶었던 거야. 지구의 모양은 어떻든 상관없었어.

연신 물을 들이켜다가 웃고 우주식량을 먹어 치우다 웃었다. 그리고는 태연하고 자연스럽게 우주복을 입고 해치를 열었다. 우주로 몸을 내던지는 것을 통해 드디어 진짜 지구와 마주할 수 있었다. 이왕이면 이메진이 처음 건넨 '블루마블', 내 인생을 송두리째 바꾼 그 사진처럼 찍고 싶었다. 그래서 우주 공간 속을 한참 유영했다. 어쩌면 내가 찾는 것은 사진의 구도가 아닌 삶의 목표

이자 진리였을지도 모르겠다. 우주복의 산소가 거의 다 떨어져갈 때쯤, 그러니까 우주 공간으로 나온 지 두 시간이 넘었을 것이다. 겨우 마음에 드는 장소를 찾아 사진을 찍고 센터로 전송했다. 그리고 나는 정지했다. 이제 기약 없는 우주여행만이 남았다.

그 시각, 센터에서는 시몬이 보내온 사진을 확인할 수 있었다. 초점이 맞지도 않은데다 흔들리기까지 한 사진이었다. 지구가 둥근지, 평평한지, 별 모양인지 알 수 없었다. 이메진은 킥킥거리며 웃었고 정 박사는 실패해서 다행이라고 했다. 사이먼 역시도 직장을 잃지 않은 것에 대한 안도를 표했고, 키 작은 남자와 키 큰 남자는 휴이를 데리러 갔기에 센터를 떠나 있었다. 다행히도 시몬은 이러한 사실들을 알 수 없었다. 그는 그저 지구로부터 한없이 자유로워졌을 뿐이다.

작가의 말

조금 이른 출근길이었습니다. 지난밤에 스마트폰을 충전하지 않았고 우연히 무선 이어폰 역시 두고 집을 나선 때였습니다. 매일 오르던 언덕길 중간에서 작은 새를 발견했습니다. 참새와 비슷한 크기에다 회색의 털을 가진 작은 생명은 숨을 쉬지 않았습니다. 지나가는 사람들은 그저 그것을 피해갈 뿐이었습니다. 대다수는 손에 들린 스마트폰에 눈을 고정하거나 전화를 하며 빠르게 걸음을 옮기고 있었습니다. 그들 사이에 들어가서 작은 새를 손에 담아보았습니다. 차갑지만 보송보송한 그것을 손에 올린 채 근처 화단으로 향했습니다. 출근하던 몇몇의 시선들이 저에게 머무는 것이 느껴졌습니다.

눈도 감지 못한 새를 화단 가장자리에 묻으면서 생각했습니다. 어쩌면 우리들은 출근에 쫓기며 많은 것들을 놓치는 게 아닐까. 사회가 점점 개인

화되고 각박해지는 것. 그리고 정이라는 따뜻한 것이 멸종에 가깝게 사라지고 있는 것. 그러한 것들은 모두 하루하루를 너무 열심히 살아가야만 하도록 재단해버렸기에 나타나는, 쓸쓸한 현상이라고 볼 수 있지 않을까. 그렇지만 누가 그걸 비판할 수 있을까요.

그날의 제가 충전된 스마트폰과 무선 이어폰을 가지고 있었다면, 일어나지 않았고 겪지 못했을 일이었습니다. 부끄럽지만 조금 주저하였습니다. 인파 속을 헤치고 작은 새를 손에 담는 것에 주변의 시선을 몰릴 걸 예상하였으니까요. 그리고 지금 돌이켜보면 평소의 저로서는 느끼기 어려운 것이었습니다. 무언가를 마주했을 때, 주저하다가 행동으로 옮겨보는 것. 매일같이 같은 일을 도맡는 저에게는 희소한 감정을 느낄 수 있었습니다.

우리 모두에게는 주변의 시선과 독립적으로 행동하던 때가 있었을 것입니다. 첫사랑에게 고백하는 것이 인생의 목표였던, 그 순간에는 오롯이 본인의 감정에 충실했었을 것입니다. 회색의 어른

이 되어버린 저와 주변에게 말해주고 싶어서 글을 썼습니다. 가끔은 풋풋한 초록색으로 돌아가도 괜찮다고. 힘든 하루라면 공원 벤치에 앉아 편의점 맥주를 마시며 울어보는 청승도 필요하다고. 벤치에 앉아 청승을 떠는 누군가의 옆에 앉아보는 일도 꽤 멋진 일이라고. 이 모든 것들이 오글거리고 유치하다고 생각된다면, 그냥 밤하늘을 한없이 바라보는 것만으로도 충분하다는 걸 전하고 싶었습니다. 그 까만 하늘에 별이 있는지는 중요하지 않습니다. 화면과 땅을 바라보던 고개를 천천히 올려 하늘을 마주해보는 하루. 생각보다 괜찮을 겁니다.

┌ Geuneul ┐
│ 단편선 003 │

팔십 페이지 강보라

초판인쇄 2026년 3월 31일
초판발행 2026년 3월 31일

지은이 정현수
발행인 채종준

출판총괄 박능원
책임편집 양수정
디자인 박능원
마케팅 문선영
전자책 정담자리
국제업무 채보라

브랜드 그늘
주소 경기도 파주시 회동길 230 (문발동)
문의 ksibook1@kstudy.com

발행처 한국학술정보(주)
출판신고 2003년 9월 25일 제406-2003-000012호
인쇄 북토리

ISBN 979-11-7457-381-0 03810

그늘은 한국학술정보(주)의 소설 출판 전문브랜드입니다.
더운 여름날 그늘 밑에서 편하게 읽을 수 있는 책이라는 의미를 담았습니다.
세상에 없던 스토리를 발굴하고, 우리가 닿지 못한 세계의 그림자를 찾아봅니다.
스토리 속 일상의 즐거움을 발견할 수 있도록 이야기의 쉼터가 되겠습니다.

[인스타그램] @geuneul_book